Andreï Makine, né en Sibérie, a publié de nombreux romans, parmi lesquels : *Le Testament français* (prix Goncourt et prix Médicis), *La Musique d'une vie* (prix RTL-Lire), *La femme qui attendait*, *L'Amour humain* et *La Vie d'un homme inconnu*. Il est aussi l'auteur d'une pièce de théâtre : *Le Monde selon Gabriel*. Ses livres sont traduits en plus de quarante langues.

Andreï Makine

LA VIE
D'UN HOMME
INCONNU

ROMAN

Éditions du Seuil

TEXTE INTÉGRAL

ISBN 978-2-7578-1637-0
(ISBN 978-2-02-098296-2, 1ʳᵉ édition)

© Éditions du Seuil, janvier 2009, à l'exception de la langue russe

I

Un soir, installés dans une luge, ils jouèrent à dévaler une colline enneigée. Le froid les fouetta au visage, le poudroiement du givre brouilla la vue et, au moment le plus exaltant de la descente, le jeune homme assis à l'arrière chuchota : « Je vous aime, Nadenka. » Mêlé au sifflement du vent, au crissement sonore des patins, ce murmure fut à peine audible. Un aveu ? Le souffle de la bourrasque ? Haletants, le cœur à vif, ils remontèrent le talus, s'élancèrent dans une nouvelle glissade et le chuchotement, plus discret, redit cet amour vite emporté par la tourmente blanche. Je vous aime, Nadenka…

« Sacré Tchékhov ! De son temps, on pouvait encore écrire ça. » Choutov revoit la scène : un froid grisant, ces deux amoureux timides… Aujourd'hui, on crierait au mélo, on se gausserait de ces « bons sentiments ». Terriblement démodé. Et pourtant ça marche ! Il le juge en écrivain. Oui, la patte de Tchékhov est là : cet art de sauver, mine de rien, un sujet qu'un autre aurait noyé sous l'eau de rose. Ce

9

« je vous aime, Nadenka » voilé d'un tourbillon de neige, ça marche.

Il sourit avec aigreur, habitué à se méfier de ses enthousiasmes. « Ça marche grâce à cette bouteille de whisky », se dit-il et il remplit son verre. Et aussi grâce à sa solitude dans un appartement où vit désormais une absente, cette jeune Léa qui viendra demain pour récupérer ses affaires, un amas de cartons à côté de la porte. Une pierre tombale au-dessus d'un espoir d'amour.

Il se secoue, craignant la complaisance chagrine qui l'a poursuivi pendant des mois. La solitude ? Joli cliché ! Paris est une ville de solitaires… quand on n'est pas Hemingway en pleine bamboche des années vingt. Non, la petite mécanique tchékhovienne fonctionne car il y a, dans son récit, ce vol plané à travers le temps : les deux amoureux se séparent, s'embourgeoisent, font des enfants puis, vingt ans après, se retrouvent dans le même parc et, en riant, montent dans une luge. Et tout se répète : le souffle neigeux, la joyeuse panique des virages, les cris stridents des patins… Au plus fort de la course, la femme entend : « Je vous aime, Nadenka… », mais ce murmure n'est plus qu'une lointaine musique qui protège le secret de sa jeunesse amoureuse.

Eh oui, très simple et pourtant si juste, si prégnant ! Ils pouvaient encore écrire comme ça en ce bon vieux temps. Sans Freud, sans post-modernisme, sans sexe à tout bout de phrase. Et sans se soucier de ce qu'en dira un petit crétin gominé dans une émission de télé. Voilà pourquoi cela tient encore la route. De nos jours, il faut écrire autrement…

Choutov se lève, titube, se penche sur les affaires de Léa, attrape un livre, l'ouvre au hasard, pousse un rire mauvais. « ... Ce n'est pas le parfum de rose mais les salives qui, avec l'armée des microbes, passent de la bouche de la maîtresse à celle de son amant, de l'amant à son épouse, de l'épouse à son bébé, du bébé à sa tante, de la tante, serveuse dans un restaurant, à son client dans la soupe duquel elle a craché, du client à son épouse, de l'épouse à son amant et de là à d'autres bouches si bien que chacun de nous est immergé dans une mer de salives qui se mélangent et font de nous une seule communauté de salives, une seule humanité humide et unie. »

Répugnant... En fait, tout un credo. Formulé par un écrivain que Léa idolâtre et en qui Choutov voit un bouder prétentieux. Tchékhov est bien loin. À présent, un héros doit être névrosé, cynique, pressé d'étaler devant nous ses miasmes. Car son malheur vient de sa mère qui le tient en laisse même quand, grandi, il fait l'amour. Ainsi parlait l'idole de Léa.

« Si j'avais connu ma mère, pense Choutov, j'aurais parlé d'elle dans mes livres. » L'idée ressuscite en lui le souvenir le plus ancien de sa vie : un enfant voit une porte se refermer, il ne sait pas qui vient de partir mais il devine que c'est quelqu'un qu'il aime de tout son minuscule être encore muet.

Derrière la vitre, une nuit de mai, l'empilement fantaisiste des vieilles façades sur la pente de Ménilmontant. Que de fois il a voulu parler à Léa de ces toits sous la lune ! Comme sous la neige. Il n'a pas trouvé une image qui ferait de ce blanc sommeillant une évidence poétique. Des toits nacrés par la lune ? Non, ce n'est pas ça. D'ailleurs, à quoi bon chercher une belle épithète ? Léa est partie et ce « colombier » (elle appelait ainsi ce grenier aménagé) s'est transformé en un logement biscornu que les agences immobilières annoncent par la formule ambiguë de « produit atypique ». Le visage de Choutov s'étire dans une grimace. « C'est ce qu'on pense sans doute de moi. Atypique… »

Quoique… Il est le type même de l'homme plaqué par une jeune femme qui a l'âge d'être sa fille. Une histoire pour un petit roman à la française, cent pages de coucheries et de déprimes parisiennes. Tout ce que son amour mériterait.

Il s'accroupit dans le coin où les affaires de Léa sont entassées. « Non, tu n'es pas un raté, lui a-t-elle dit un jour. Tu n'es même pas un aigri comme ces écrivains de l'Europe de l'Est. Oui, Cioran entre autres. Tu es juste malheureux. Comme… quelqu'un qui… (elle cherchait le mot et lui était fou de reconnaissance : elle m'a compris, je ne suis pas un raté professionnel !), oui, tu es comme un obus qui n'a pas explosé et qui garde sa force détonante en lui. Tu es une déflagration qui n'arrive pas à se faire entendre ! »

De toute sa vie, personne ne lui avait parlé ainsi. Il fallait avoir vécu jusqu'à cinquante ans, avoir beaucoup lu et étudié, avoir connu la misère et des succès fugaces, avoir même fait la guerre et approché la mort, avant qu'une jeune Française lui explique ce que les autres prenaient pour une vie gâchée. « Une déflagration qui n'arrive pas à se faire entendre… » En fait, c'est le sort commun de tous les vrais artistes. Très intelligente, cette fille, cette bonne Léa. « Ma Léa… »

Par ailleurs, une garce qui a profité de ce « colombier » tant qu'elle n'avait pas où se loger et qui maintenant s'en va, car elle s'est déniché un « jules » qui va l'héberger. Une jeune « nana » lancée à la conquête de Paris et qui laisse croupir ce vieux fou de Choutov obsédé par la recherche d'un adjectif pour le blanc lunaire des toits.

« Je vous aime, Nadenka… » Il se reverse du whisky, boit avec le rictus de celui qui a percé l'universelle souillure de la nature humaine mais aussitôt, dans un réflexe d'écrivain, s'observe et trouve sa posture fausse et exagérée, non, ce n'est pas la peine de faire son petit Cioran. Devant qui d'ailleurs ? Libéré du masque de dégoût, son visage s'amollit, ses yeux se voilent. « Je vous aime, Nadenka… » Si ce récit marche encore, se dit Choutov, c'est parce que moi aussi j'ai vécu un amour pareil. Il y a… oui, il y a plus de trente ans.

Sauf que cela se passait non pas en hiver, mais sous l'or transparent de l'automne. Le début de ses études à Leningrad et cette ombre féminine dans les allées parfumées à l'amertume des feuilles mortes. Une jeune fille dont il ne reste aujourd'hui qu'une fragile silhouette, un reflet de voix…

Le téléphone sonne. Choutov se débat sur le canapé enfoncé, se redresse – un marin ivre sur le pont d'un bateau. L'espoir d'entendre Léa le dégrise. Sa pensée affolée imagine une combinaison d'excuses, de marches arrière qui rendraient leurs retrouvailles possibles. Il décroche, écoute une sonnerie continue et, derrière le mur, un timbre masculin, ample : son voisin, un étudiant australien, que ses amis aux antipodes appellent souvent la nuit. Depuis le départ de Léa, Choutov a une ouïe en état d'alerte (le téléphone, les pas dans l'escalier) et son grenier est peu insonorisé. Le voisin rit avec une candeur franche et saine. Être un jeune Australien aux belles dents blanches et vivre sous les toits de Paris. Le rêve !

Avant de replonger dans le creux du canapé, il fait un détour par l'endroit où sont rangés les cartons de Léa. Il y a aussi un sac avec ses vêtements. Ce chemisier de soie qu'il lui a offert… Un jour, ils se sont baignés dans la mer, du côté de Cassis, elle s'est rhabillée et, d'un mouvement brusque, a rejeté ses cheveux pour nouer un chignon, ses boucles mouillées ont marqué sur la soie un manuscrit d'arabesques… Il n'a rien oublié, l'idiot. Et ces souvenirs lui arrachent les tripes. Non, plutôt les paupières (noter ça : la douleur vous arrache les paupières et empêche de ne plus voir la femme qui vous a quitté).

Au diable, ces paupières ! Toujours sa manie scribouillarde. La leçon est bien plus simple : une jeune femme qui rompt avec un homme vieillissant ne devrait jamais le laisser vivant. Voilà la vérité ! Léa aurait dû le poignarder, l'empoisonner, le pousser de ce vieux pont de pierre dans un village alpin qu'ils ont un jour visité. Ç'aurait été moins inhumain que ce qu'elle a fait. Moins torturant que la douceur lisse de cette soie. Oui, elle aurait dû le tuer.

Du reste, c'est un peu ce qui s'est passé.

Choutov se rappelle très bien le moment exact de cette mise à mort.

Ils se disputaient souvent mais avec la violence théâtrale des amants, conscients que les tirades les plus âpres s'effacent dès le premier gémissement de plaisir. Choutov se déchaînait contre la misère de la littérature actuelle. Léa lui opposait un escadron de « classiques vivants ». Il tempêtait contre les écrivains castrés par le politiquement correct. Elle citait une phrase « géniale » (oui, entre autres, un fils que sa mère tient, mentalement, en laisse pendant qu'il fait l'amour à une femme). Ils se haïssaient et, une demi-heure après, s'aimaient et l'essentiel était ce reflet du couchant qui, venant à travers la lucarne, vernissait la peau de Léa et soulignait une longue cicatrice sur l'épaule de Choutov.

Longtemps, il préféra rester aveugle. Le ton de leurs disputes changea : Léa devenant moins combative, lui plus virulent. Il sentit une menace dans cette indifférence et, à présent, il était seul à vitupérer. Surtout le soir où il reçut un de ses manuscrits, refusé. C'est alors qu'en hésitant entre les mots, elle dit qu'il ressemblait à une déflagration incapable de se faire entendre… Après leur rupture, Choutov comprendrait que c'était, chez elle, le tout dernier afflux de tendresse.

Le démontage commença (sous les fenêtres de son grenier, les ouvriers enlevaient des échafaudages : encore un rapprochement stupide, manie d'écrivain) et leur union se défit aussi, étage par étage. Léa venait de plus en plus rarement au « colombier », expliquait de moins en moins ses absences, bâillait et le laissait s'époumoner.

« La redoutable puissance de la femme qui n'aime plus », pensait Choutov et il s'examinait dans le miroir, tâtait les pattes-d'oie autour de ses yeux, se promettait d'être plus conciliant, de ruser un peu avec ses convictions, de ménager les « classiques vivants »… Et recommençait à crier, à clamer le feu sacré des poètes. En somme, à se montrer insupportable. Car il aimait.

Le meurtre eut lieu dans un café. Pendant une dizaine de minutes, Choutov s'efforça d'être « gentil », comme disent les Français, puis n'y tenant plus, explosa (« une déflagration ! » se moquerait-il plus tard). Tout y passa : les magouilles du milieu littéraire, les écrivains larbins qui flattent l'ego des beaufs et des bobos, et Léa elle-même (« En fait, tu es une "collabobo" de cette petite élite pourrie ! »), et ce journal dépassant de son sac (« Vas-y, lèche les bottes à cette gauche "œufs de lompe", ils t'accepteront peut-être comme pigiste dans leur *Pravda de Paris* »)… Il se sentait ridicule et savait qu'il fallait demander juste une chose : m'aimes-tu encore ou non ? Mais il avait peur de la réponse et s'accrochait au souvenir de leurs disputes d'autrefois qui se noyaient, amoureusement, dans une étreinte.

Léa réussit, au début, à faire passer la scène, auprès des clients du café, pour une prise de bec certes vive mais amicale. Puis vint le moment où la violence du ton ne trompa plus personne : un monsieur d'un certain âge « engueulait » sa petite amie, du reste trop jeune pour lui. Léa se sentit piégée. Se lever et partir ? Mais elle avait encore « pas mal de trucs » à récupérer dans le grenier de ce fou qui pouvait tout balancer dans la rue. Choutov ne saurait jamais si elle avait formulé de telles pensées. Le visage de Léa se durcit. Et avec une mine d'ennui, elle porta le coup là où elle le savait sans défense.

« À propos, j'ai appris ce que ton nom de famille veut dire en russe… », annonça-t-elle en profitant de l'énième café qu'il avalait en grimaçant.

Choutov feignit la surprise mais ses traits prirent une expression fuyante, presque fautive. Il bafouilla : « Tu sais, il y a plusieurs étymologies possibles… »

Léa émit un bref ricanement, une coulée de fines brisures de verre. « Non, ton nom n'a qu'une signification… » Elle fit durer l'attente puis, d'une voix ferme et dédaigneuse, lâcha :

« *Chout* veut dire "clown". Oui, un bouffon, quoi. »

Elle se leva et, sans se presser tant elle était sûre de l'effet de ses paroles, alla vers la sortie. Sonné, Choutov la regarda s'éloigner suivie des coups d'œil amusés des clients, puis bondit, courut vers la porte et c'est au milieu des passants qu'il hurla d'une voix dont le ton écorché l'étonna lui-même :

17

« *Chout* veut dire un clown triste ! Retiens ça ! Et ce clown triste t'aimait… »

Le bout de la phrase s'effaça, assourdi, dans une toux. « Comme le chuchotement du jeune amoureux chez Tchékhov », penserait-il un soir, en regardant les derniers cartons de Léa rangés dans un coin du « colombier ».

Mais ce jour-là, revenu au café, il resta longtemps incapable de réfléchir, revoyant un enfant dans une rangée d'autres enfants, tous habillés pareil, un garçon qui avance d'un pas en entendant son nom et lance : « Présent ! », puis reprend sa place. Ils sont alignés devant le bâtiment gris de l'orphelinat et, après l'appel, ils montent dans un camion et partent travailler au milieu des champs boueux sous un grésil en larmes de glace. Pour la première fois de sa vie, l'enfant comprend que ce nom de Choutov c'est tout ce qu'il possède ici-bas, tout ce qui le rend « présent » aux yeux des autres. Un nom dont il aura toujours un peu honte (maudite étymologie !) et auquel, pourtant, il sera attaché car ce nom était porté par un petit être, encore muet, qui a vu la porte se refermer sur celle qu'il aimait le plus au monde.

En face du « colombier », un immeuble étroit, des murs délavés (« une maison qui pèle après un coup de soleil », disait Léa). La lune traverse de part en part le petit logement au dernier étage. Les ouvriers n'ont pas refermé les fenêtres et la pièce luit, tel un rêve de somnambule. Une vieille femme l'habitait autrefois, puis elle a disparu, sans doute est-elle morte, les ouvriers ont cassé les cloisons pour faire un « studio en *open space* », mode oblige, et maintenant dans ce vide veille la lune, un ivrogne aux yeux tristes l'admire en chuchotant des mots destinés à celle qui ne l'entendra jamais.

Celle qui, après avoir fait l'amour avec son « mec », dort dans leur nouvel « appart »… Tout le blesse désormais, ce jargon dans lequel il imagine s'exprimer les amis de Léa et l'idée de ce jeune corps si proche et irrémédiablement perdu. Un corps qui avait la souplesse d'une tige d'algue et qui gardait, dans leur intimité, une gaucherie touchante, désarmée. Être dépossédé de ces bras féminins, de ces cuisses, de la respiration nocturne de

Léa, cette seule pensée lui écrase le diaphragme. Une jalousie fruste, un sentiment d'amputation. Cela passera, Choutov le sait d'expérience. Un corps désiré qui se donne à un autre homme peut être oublié assez vite. Plus vite même que le regret de ne pas avoir parlé de la lune qui traverse l'appartement d'en face, de la femme qui y a séjourné, souffert, aimé. Et d'une nouvelle vie qui va remplir cette coquille blanche, installer les meubles, préparer les repas, aimer, souffrir, espérer.

Il leur arrivait, après leurs bagarres littéraires, après l'amour, d'évoquer ces évidences déroutantes des vies humaines. En ces instants, Choutov s'est toujours senti tel qu'il aurait voulu être : passionné mais détaché, charnel et en même temps conscient que, grâce à leurs paroles lentes, Léa le suivait sur une montée idéale…

Une fenêtre s'allume au troisième étage de la maison d'en face. Un jeune homme nu ouvre un réfrigérateur, sort une bouteille d'eau minérale, boit. Une jeune femme, nue elle aussi, le rejoint, l'enlace, il s'écarte, la bouche arrimée au goulot, tousse, asperge son amie, ils rient. La lumière s'éteint.

« Ça pourrait être Léa avec son copain », pense Choutov et, curieusement, la scène soulage la crampe de jalousie sous son diaphragme. « Ils sont jeunes, qu'est-ce que tu veux… »

Il s'écarte de la fenêtre, s'affale sur le canapé. Oui, son erreur fatale a été de tout compliquer. « Elle me suivait sur une montée idéale… » Quelle foutaise ! Un homme approche tristement la cinquantaine et soudain a la chance de rencontrer une jeune femme, jolie et pas sotte. Et qui a un vrai attachement pour lui. Il devrait s'envoler de joie, ailé comme un parapente. Chanter, bénir le ciel. Et surtout profiter ! Au sens le plus avide du terme. Profiter de cette tendresse maladroite car vraie, de leurs balades (« On va à Paris », disaient-ils en descendant de leur Ménilmontant), du chuchotis nocturne de la pluie sur le toit. De tous ces poncifs d'une liaison amoureuse à Paris (oh, ce chant de la pluie !), insupportables dans un livre mais si doux dans la vie. De ce remake d'une comédie romantique des années soixante…

Car leur amour a quand même duré deux ans et demi. C'est déjà plus long que le temps d'une liaison dans les livres d'aujourd'hui. Il aurait pu très bien vivre l'une de ces historiettes qui envahissent les librairies : les deux personnages se rencontrent, s'aiment, rient, pleurent, se séparent, se retrouvent, puis elle part ou se tue (au choix) et lui, le visage meurtri mais beau, roule sur une autoroute vers la nuit, vers Paris, vers l'oubli. En plus, eux, ils étaient en bonne santé, n'avaient pas d'humeur suicidaire et, quant aux autoroutes, Choutov les évitait, pas très sûr de lui au volant. Oui, il aurait pu être tout simplement heureux.

Pour cela, il fallait oser la lucidité dès le début : une jeune provinciale quitte ses parents, ou plutôt sa « famille monoparentale » installée dans une région à l'économie sinistrée, au nord des Ardennes, descend à Paris où elle croise un homme « atypique » qui peut l'héberger. La jeune femme rêve d'écrire

(« comme tous les Français », pense Choutov), lui, bien qu'écrivain à audience modeste, va la conseiller, sinon l'aider à publier.

Telle était, objectivement, leur situation. Choutov n'avait qu'à l'accepter… Mais pareil à tant de Russes, il croyait que ce bonheur issu des petits arrangements pratiques était indigne de ceux qui s'aiment. À l'âge de quatorze ans, il avait lu un récit de Tchékhov où tout le bien-être d'un couple n'était rien à côté d'une minute d'ivresse sur un talus enneigé, dans la course d'une luge. À dix-huit ans, en compagnie d'une jeune fille, il avait passé des semaines à arpenter les parcs de Leningrad sous l'or aérien des feuilles : plus d'un quart de siècle après, il s'en souviendrait comme d'une période essentielle de sa vie. À vingt-deux ans, jeune soldat envoyé en Afghanistan, il avait vu dans la cour d'une maison une vieille femme morte qui serrait dans ses bras son chien, tué lui aussi par un éclat d'obus. Ses camarades de régiment avaient traité Choutov de mauviette car ils avaient vu ses larmes (ce sanglot ravalé le mènerait, quelques années plus tard, vers la dissidence politique…). De ses études universitaires, il garderait le souvenir d'un texte latin, des mots qui avaient inspiré Dante : « *Amata nobis quantum amabitur nulla.* » Il méditerait longuement sur une femme « aimée plus qu'aucune autre ». Pour cet amour-là, une langue sacrée s'imposait. Non pas nécessairement le latin, mais celle qui élèverait l'être aimé au-dessus du quotidien. *Amata nobis…* Je vous aime, Nadenka…

Choutov se remue, réveillé par un cri sourd sorti de sa gorge serrée contre un coussin du canapé. L'alcool a le goût de l'anesthésie locale chez un dentiste. Une lampée inutile, il lui en faudrait trois ou quatre pour atteindre ce palier d'ivresse où les cartons de Léa deviendraient des taches inoffensives, ondoyantes, irréelles.

Irréelles… Tout est là ! Demander à une femme en chair et en os d'être un rêve. Allez vivre avec un fou qui vous croit capable de marcher sur un rayon de lune ! Dès le début, il l'a idéalisée. Oui, dès la première parole échangée, ce soir de dimanche, morne comme toute soirée pluvieuse de février, dans le hall froid de la gare de l'Est…

Ils téléphonaient de cabines mitoyennes, en fait, deux appareils séparés d'une plaque de verre. Elle appelait (il le saurait plus tard) une vague connaissance qui avait promis de l'héberger. Lui essayait de coincer un éditeur chez lui (au retour de sa luxueuse villa de Cabourg, ironisait-il, achetée à force de publier des romans de gare). Soudain, la jeune fille se retourna, une télécarte à la main, et il entendit un chuchotement à la fois désespéré et amusé. Oui, cet étonnement enjoué, au bord des larmes : « Le crédit est épuisé… » Elle ajouta, sur un ton plus sonore : « Le crédit et tout le reste d'ailleurs. » Ses yeux ne remarquaient pas Choutov, elle ne comprit pas tout de suite qu'il lui tendait sa carte. (L'épouse de l'éditeur venait de le remettre à sa place : « Je vous l'ai déjà dit, appelez-le demain au bur… » Fièrement, il lui raccrocha au nez.) Léa le remercia, refit le numéro. Son amie ne pouvait pas l'accueillir car… Elle raccrocha aussi mais avec une lenteur indécise, rangea la carte dans son porte-monnaie, murmura bonsoir et se dirigea vers le panneau des horaires. Choutov s'égara entre plusieurs variantes de traduction. En russe, cela donnait, mot à mot : « Jeune fille, et ma carte ? » En français : « Mademoiselle, puis-je récupérer ma carte ? » Non. Peut-être : « Eh, vous, là, vous n'allez pas quand même… » Non plus. Bon, de toute façon, il était trop vieux pour que la remise d'une télécarte donne lieu à autre chose qu'à un moment d'embarras…

Il repartit en pensant à ce début d'intrigue à la Maurois : une femme emporte la carte téléphonique qu'un homme vient de lui prêter… Et après ? Elle se souvient de lui chaque fois qu'elle passe près de cette cabine ?… Non, trop proustien. Mieux : un étranger (lui, Choutov) poursuit la femme pour reprendre sa carte, crie avec son horrible accent, la femme croit à une agression et l'asperge de gaz lacrymogène (variante : l'assomme avec un electro-shocker)…

Il avait déjà remonté un bon bout du boulevard Magenta quand une voix essoufflée l'appela, puis une main toucha son bras. « Excusez-moi, j'ai emporté votre carte… »

Il tomba amoureux de tout ce qu'était Léa. Et tout ce qu'il voyait d'elle avait la finition d'une phrase qu'on n'a plus à retoucher. Cette vieille veste de cuir à la doublure élimée, une veste étroite et qui avait fini par calquer les courbes du corps de

Léa. Le vêtement gardait le tracé de ces galbes même quand il restait suspendu dans l'entrée du « colombier ». Et puis les cahiers de Léa, l'application un peu enfantine de ces notes, « très françaises » se disait Choutov en y trouvant cette obsession de la jolie formule. Pourtant le seul aspect de ces cahiers lui paraissait désormais vital. Et aussi ce geste figé qui était pour lui tout un poème : un bras que dans son sommeil Léa rejetait loin sur les draps. Ce bras fin, une main aux doigts qui frémissaient parfois, répondant au secret d'un rêve. Une beauté indépendante du corps, de ce grenier rempli par la lune, du monde des autres.

Oui, son erreur était bien là, dans son désir d'aimer Léa comme on aime un poème. C'est à elle qu'il lut, un soir, ce récit de Tchékhov : deux amoureux indécis, les retrouvailles vingt ans après. Je vous aime, Nadenka…

« Un exilé n'a, pour patrie, que la littérature de sa patrie. » Qui l'a dit ? Le nom échappe à la pensée embrumée de Choutov. Sans doute un expatrié anonyme qui se réveille la nuit et cherche la rime d'un quatrain appris dans son enfance.

Longtemps il a vécu en compagnie de ces revenants fidèles que sont les créatures enfantées par les écrivains. Des ombres, oui, mais dans son exil parisien il s'entendait bien avec elles. Un beau jour d'été, à Moscou, Tolstoï a vu, derrière une fenêtre ouverte, la silhouette d'une femme, une épaule nue, un bras à la peau très blanche. Toute Anna Karénine est née, à le croire, de ce bras féminin.

Choutov a raconté l'anecdote à Léa. Que pouvait-il lui offrir d'autre que cette patrie retrouvée dans les livres ? Ils lisaient Tolstoï presque tous les soirs en cet hiver, très froid, d'il y a deux ans, en ce début de leur vie amoureuse. Un petit poêle en fonte branché sur la trappe de la cheminée chauffait le grenier, l'odeur du thé se mêlait à la senteur du feu et les pages du livre étaient parcourues de reflets flammés.

« Tu vois, on dit toujours : oh, Tolstoï, un roman tr-r-r-rès r-r-russe, un grand fleuve, un torrent impétueux, fantasque ! Faux. Un fleuve, d'accord, mais maîtrisé grâce aux écluses des chapitres bien calibrés. Oui, une construction à la française, si tu veux. »

Choutov tente une moue de dédain, mais l'ivresse fait de son visage un masque trop fatigué pour grimacer. D'ailleurs l'image des écluses n'est pas bête. Et puis le souvenir de ces soirées de lecture, devant le feu, est encore si tendre, si vif.

Il citait aussi Tchékhov : « Dans un récit, coupez le début et la fin. C'est là où l'on ment le plus. » Léa écoutait avec une avidité intimidante. Choutov pensait en souriant : « Les séducteurs promènent les femmes dans une décapotable. Les écrivains en voie de clochardisation exhibent les classiques russes. » Sur un bateau qui allait quitter la Crimée incendiée par la révolution, le jeune Nabokov jouait aux échecs. La combinaison s'engageait rare et passionnante et quand il s'arracha à la marqueterie de l'échiquier, la terre natale avait déjà disparu ! Le vide de l'étendue marine, une mouette plaintive, aucun regret. Pour l'instant…

« Je me suis emporté comme un imbécile en lui racontant ces adieux manqués… », se rappelle Choutov. Cet esthète de Nabokov tenait plus à une jolie métaphore qu'à la terre paternelle ! Et *Lolita* fut son châtiment. Un livre nauséabond, qui caresse les bas instincts des bourgeois occidentaux…

Ce jugement provoqua, il s'en souvient, l'une des joutes où Léa prenait la défense des écrivains que Choutov pourfendait.

« Mais attends, écoute cette phrase ! criait-elle ce soir-là. Nabokov écrit : "… il avait une élocution rêche comme un morceau de sucre mouillé." C'est génial ! On le sent dans la bouche, on voit l'homme qui a cette manière de parler. Reconnais que c'est quand même très fort !

– Herculéen ! Je vois d'ici notre beau Vladimir suçoter un morceau de sucre. Mais ce n'est pas "génial", Léa. C'est ingénieux, nuance ! En plus, ton Nabo se moque de savoir à qui appartient cet accent. Si c'était un prisonnier torturé cela ne changerait rien. Il écrit en collectionneur de papillons : il attrape un bel insecte, l'assomme au formol, l'empale sur une aiguille. Il procède de même avec les mots… »

Choutov continua à agonir Nabokov mais le regard de Léa se voila, elle semblait observer une scène qui se jouait derrière les murs du « colombier », au-delà de leurs paroles. « Elle voit un joueur d'échecs sur le pont d'un navire et les rives natales qui sombrent dans la mer. » Choutov se tut, écouta le chuintement de la pluie sur le toit.

Le lendemain, un peu embarrassée, Léa lui apprit qu'elle devait « rendre une visite de courtoisie » à sa mère. Ils partirent ensemble. Ce voyage compterait, pour Choutov, plus que l'année qu'il avait vécue à New York, plus que ses périples à travers l'Europe, et davantage même qu'un séjour en Afghanistan, du temps de son service militaire.

Pourtant, il s'agissait juste de trois jours passés dans une région sans pittoresque, au nord des Ardennes. Froid, brouillard, collines sous un bois frileux. Et pour couronner le manque d'attrait touristique, un panneau déteint qui, au milieu d'un terrain vague, annonçait l'ouverture prochaine d'un « centre de loisirs ».

Il se retrouva dans une époque qu'il n'avait pas connue, n'étant pas français, et dont il tombait peu à peu amoureux. Dans sa chambre d'hôtel, l'intérieur de l'armoire était recouvert du papier peint aux dessins qui tapissent les murs dans des maisons en démolition. Devant le miroir, Choutov éprouva le vertige : tous ces visages d'antan qui s'étaient superposés dans ce reflet verdâtre ! Il passa sa main sur le dessus de l'armoire (un endroit qui recèle des trésors abandonnés par les voyageurs). Cette fois-ci, le trésor fut un antique exemplaire du journal local, du 16 mai 1981…

Choutov le lut pendant que Léa dînait avec sa mère. Il avait obtenu de ne pas se montrer, d'éviter les présentations. « Tu sais, notre différence d'âge fait de moi un quasi-pédophile. Ou alors, si tu insistes, je vais demander la main de ta maman… » Léa avait ri, soulagée : « Je n'y survivrais pas… »

Ils passèrent ces trois jours à se balader, serrés l'un contre l'autre sous un grand parapluie. Léa lui montra son école, la petite gare (fermée depuis des années) et, dans une anse de la Sormonne, un bosquet où elle venait, adolescente, écrire ses premiers poèmes, croyant que cette activité requérait un cadre bucolique approprié. À présent, sous les rafales d'hiver, la rivière était morne, hostile. « Bizarrement, c'est cette grisaille qui est propice à la poésie », pensa Choutov et il vit dans les yeux de Léa le reflet du même jugement.

L'un de ces soirs, traînant seul dans les rues, il entra au Café de la Gare, en face de la station désaffectée. Les clients semblaient si bien se connaître que, pour un étranger, leurs échanges, en bouts de phrases allusifs, restaient sibyllins. Un vieil homme assis à la table voisine se mit à parler d'une voix qui, sans s'adresser à l'intrus, formula une bienvenue implicite. Choutov se tourna vers lui et, presque à son insu, une conversation s'engagea : les rues du bourg se peuplèrent de personnages, à la fois humbles et héroïques. Les collines se réveillèrent sous le fracas des armes, se couvrirent de soldats. Près du pont (« Il était plus étroit à l'époque, on l'a refait après la guerre »...), des fantassins au visage bruni de poussière reculaient en tirant sur l'ennemi. « On avait peu de munitions, il fallait détaler. Les fritz étaient déjà tout près, en tout cas ceux qui nous arrosaient. Le soir est tombé, on pensait pouvoir atteindre la forêt. Enfin, on espérait... C'est notre mitrailleur, il s'appelait Claude Baud, qui nous a sauvés. Il venait de recevoir un éclat dans la jambe mais continuait à tirer, agenouillé dans une flaque de sang... »

Les clients entraient, saluaient l'homme en parlant très fort : « Ça va, Henri ? En pleine forme, comme toujours ? » Les adolescents qui jouaient au baby-foot reprenaient sur un mode badin « ça va, Henri ? », en chuchotant une rime dont le sens échappait à Choutov. L'homme semblait n'entendre ni les uns ni les autres. Mais aux questions de Choutov, il répondait sans lui demander de hausser la voix. Il reconnut même cet accent étranger, ce « r » traître, incorrigible… Léa entra, cria : « Bonsoir, Henri, tu vas bien ? » et elle fit signe à Choutov de s'en aller.

La nuit, dans sa chambre d'hôtel, il repensa au vieil homme du Café de la Gare. Une salle mal éclairée, une fenêtre donnant sur des voies rouillées, des paroles venant d'un passé qui n'intéresse personne. Il se sentit très proche et de cet homme, et des maisons tristes du bourg, et des collines plongées dans un noir givrant. « Je pourrais vivre ici, oui, cette contrée pourrait m'accepter… » Confusément, Léa avait dû deviner que ce voyage serait pour Choutov un retour vers celui qu'il était réellement.

La lune a quitté l'appartement vide au dernier étage de l'immeuble d'en face. Elle plane au-dessus des toits et le grenier est inondé de bleu, on pourrait lire les titres des livres que Léa a préparés pour le déménagement. La chronologie de son amour pour elle correspond à ces titres. Leurs lectures, leurs bagarres au sujet d'un auteur… Et puis cette destruction rapide, une chute, comme ça, hop ! Il pousse l'une des piles, les volumes s'éparpillent sur le plancher. De quel livre parlaient-ils le jour où la première fissure est apparue ? Peut-être de ce recueil de nouvelles. Dans l'une d'elles, une femme retrouvait celui qu'elle avait jadis aimé et ils descendaient une pente enneigée sur une luge… Donc, durant le voyage dans les Ardennes, il se prenait encore pour un amoureux tchékhovien. Je vous aime, Nadenka…

Trois heures du matin, c'est déjà aujourd'hui que Léa viendra pour emporter ses cartons, les vestiges de sa vie dans la vie de Choutov. Quand elle sera partie, il continuera à parler, tout seul, un peu comme ce vieux du Café de la Gare.

Il se rend compte qu'il n'a rien dit d'essentiel à Léa. N'a pas osé, n'a pas su. Il a perdu tant de jours (ces jours miraculeux, reçus pour aimer) à clamer la mission sacrée du poète, à fulminer contre le milieu intellectuel. Au début, elle l'écoutait avec le recueillement dont jouissent les prophètes. Le Paris littéraire la fascinait et Choutov lui semblait un écrivain très introduit. L'illusion a duré moins d'un an. Le temps pour une jeune provinciale de trouver ses repères et de comprendre que cet homme n'était en fait qu'un marginal. Et même son passé de dissident qui avait, jadis, nimbé Choutov devenait un défaut, ou plutôt la marque de son âge antédiluvien : pensez donc, un dissident des années quatre-vingt du siècle révolu, un opposant banni d'un pays qui avait été, depuis, effacé de toutes les cartes géographiques !

« Le début des années quatre-vingt, le temps où j'étais un bébé », devait se dire Léa. Sa tendresse était désormais teintée de pitié. Elle chercha à sortir Choutov de son isolement. Et ce fut le début d'une guerre sans vainqueur.

« On n'est plus au dix-neuvième siècle ! argumentait-elle d'habitude. Le livre est un produit comme un autre… Mais parce que ça se vend ! Eh bien, vas-y, fais comme Boulgakov, écris pour être publié dans trente ans et *post mortem*. »

Choutov s'échauffait, citait le cas des écrivains ressuscités, oui, Nietzsche et ses quarante exemplaires de *Zarathoustra* édités à compte d'auteur et offerts à des amis.

« D'accord, passe-moi ton manuscrit et dans une heure je reviens avec quarante copies. Tu signeras la première à ton voisin australien, il va caler son velux avec. Tu te trompes d'époque, Ivan ! Aujourd'hui, la personne préférée des Français est un footballeur et non plus un poète…

– Il y a des pays où cette époque a survécu !

– Ah bon ? Sans doute dans la Mandchourie profonde.

– Non. En Russie… »

Ces duels eurent une conséquence indirecte : Choutov se mit à rêver de cette Russie qu'il n'avait pas revue depuis vingt ans et où se poursuivait, croyait-il, une vie bercée par des strophes aimées. Un parc sous la dorure des feuilles, une femme qui marche en silence, telle l'héroïne d'un poème.

L'image d'une lucarne bloquée à l'aide d'un manuscrit marqua une étape. Il sentit chez Léa une certaine arrogance, cette « gouaille », qualité très appréciée par les Français (il n'avait jamais compris pourquoi). Elle commença à s'absenter souvent, sous prétexte de ses cours de journalisme ou d'un stage dans une maison d'édition.

Un jour, il devait partir tôt et, en bas, sur le couvercle d'une poubelle, il aperçut un gros sac en cuir noir. Déjà dans le métro, un soupçon lui vint : ce ballot n'était pas un sac. Repassant à midi, il ne le revit pas mais devina qu'il s'agissait de la vieille veste de Léa. Une doublure élimée, les galbes du cuir qui calquaient le dessin du corps… L'intensité de sa douleur le surprit. Il se crut enfin capable de dire ces fragiles reflets qui étaient toute la vérité de sa vie : la vieille veste, le bras de Léa rejeté sur les draps dans son sommeil… Elle rentra le soir, serrant un paquet contre sa poitrine. Le dernier manuscrit de Choutov. Renvoyé par un éditeur. Ils dînèrent, muets, puis très vite il s'emporta contre la « nainerie », comme il l'appelait, du milieu littéraire d'aujourd'hui. Léa dut avoir pitié de lui car elle murmura d'une voix moins cassante, oui, de sa voix ancienne : « Ne dis pas de bêtises, tu n'as rien d'un raté, Ivan. Tu es comme un… Oui, une déflagration qui n'arrive pas à se faire entendre. »

Depuis ce soir-là, elle devint encore plus distante.

Il y eut cependant durant ce déclin amoureux un rebond grandiose. Choutov fut invité dans une émission télévisée ! Bizarrement, pour un roman qu'il avait publié trois ans auparavant et qui n'avait connu aucun succès. L'attaché de presse dévoila le mystère : « Vous parliez de l'Afghanistan, et aujourd'hui, avec tout ce qui se passe là-bas... » C'était le livre où un jeune soldat éclatait en sanglots devant une vieille femme et son chien tués dans un tir d'artillerie.

En annonçant l'invitation à Léa, Choutov sut feindre l'indifférence, lança même un ou deux quolibets (« Tu vas voir, je vais dynamiter l'audimat ! »...). Mais en réalité, il eut l'impression de jouer son va-tout : aux yeux de la jeune femme, il pouvait redevenir cet écrivain qui l'initiait doctement aux secrets du métier.

Il s'acheta une chemise bleue, d'un coloris uni car « les rayures bougent sur l'écran », expliqua-t-il. Léa l'accompagna, maquillée comme si elle-même intervenait dans l'émission.

Celle-ci devait passer vers minuit. « Après les jeux télévisés, le foot et le reste. La hiérarchie des valeurs », Choutov se hâta de s'interdire toute amertume. À la télévision il fallait être souriant, un peu simplet, sans nuances. « Je te dis "merde" », chuchota Léa et, tendu comme il était, Choutov sursauta avant de se rappeler cette étrange coutume française. Une sensation surréaliste s'installa en lui dès ce moment-là.

Onirique fut aussi l'horaire nocturne qui donnait aux participants un air de conspirateurs (ou de spirites) réunis, par dérision, autour d'une table crûment éclairée. Mais surtout l'obligation d'être un crétin souriant. Personne ne l'exigeait, pourtant une force mystérieuse leur plaquait au visage ce rictus niais, ces œillades de prostituées en racolage actif.

Perché sur un tabouret haut (« justement, comme ceux d'un bar à putes », pensa Choutov), il observa le « plateau ». Il y avait un écrivain francophone, ce jeune Noir, une dentition éclatante à la Banania. Un Chinois, un air chafouin, un regard fuyant derrière ses lunettes fines. Et lui, Choutov, un Russe pour la bonne mesure. Trois preuves vivantes de la littérature mondialisée. En face de Choutov, la maquilleuse mettait la dernière touche au visage d'un… Comment l'appeler ? Journaliste, écrivain, éditeur, membre de plusieurs jurys, un médiacrate connu que Choutov traitait de « mafioso littéraire » et à qui il devait maintenant sourire. À la gauche de cet homme, on venait d'installer un psychologue spécialisé en bonheur, état d'âme devenu rare dans les pays fortunés. Le psychologue parlait à sa voisine, une jeune fille habillée en sorcière de Halloween. Enfin, surgit une retardataire, une femme d'une cinquantaine d'années, cheveux grisonnants et beau visage fané. Aveuglée par les projecteurs, elle fit quelques allées et venues autour de la table avant qu'une préposée ne lui indique sa place, à côté de Choutov. Il rencontra son regard dont l'intelligence jurait avec la roseur lisse du maquillage. Elle était seule à ne pas sourire.

L'émission débuta. L'Africain s'exécuta le premier et se révéla un brillant professionnel. Tout était rodé dans son petit spectacle : la voix, le rire, le trémolo, puis un véritable intermède comique où, citant son roman, il joua à la fois le riche amant et la rusée maîtresse entourée de parents, de griots, de féticheurs. Une bête de scène.

Après une telle performance, l'écrivain chinois, malgré ses grimaces obséquieuses, se montra terne. C'est qu'il parlait à peine français. Et pourtant il prétendait écrire dans cette langue et était publié par l'un des meilleurs éditeurs parisiens… Choutov entendait ce qui, de nouveau, paraissait sortir d'une pièce surréaliste : « Le yang s'unit au yin et cela donne… Confucius a dit que… La montagne du dragon rouge… Le yin qui complète le yang… » La répétition des deux termes fut si fréquente que soudain l'animateur cafouilla : « Votre personnage est yin peu, pardon, un peu… »

Mais c'est la prestation de Choutov qui fut un véritable échec. Il se lança dans une longue et belle phrase : le devoir de témoigner qui incombe à l'écrivain, la quête de la vérité, la psychologie des personnages qui bouscule les *a priori* de l'auteur lui-même. Oui, ce soldat endurci par la guerre et qui, devant les cadavres de la vieille femme et de son chien, fond en larmes. L'animateur flaira le danger de ce monologue et, en bon rhétoricien, sut limiter le désastre : « À vous lire, on voit que la responsabilité des Russes est écrasante. » Ce flou journalistique permettait de rebondir. Mais déjà Choutov perdait pied. Sa belle tirade se comprima en harmonica, mêlant la mission de l'écrivain, les talibans, Tolstoï relisant Stendhal pour écrire la bataille de la Moskova, les roquettes sol-air, l'esthétisme qui devient obscène dans un livre sur la guerre… Dans les yeux de l'animateur passa une lueur de compassion. « Saura-t-on jamais dire la guerre dans un roman ? » conclut-il et ce coup de grâce sauva Choutov. Il se figea, les joues écorchées par la honte, avec l'unique pensée en tête : « Léa a vu tout ça ! »

Les interventions des autres l'éloignèrent peu à peu de ce mannequin hagard qu'il était devenu. « Quand un homme caresse sa partenaire sexuelle, le noyau dorso-médian du thalamus de celle-ci se met à… », disait le psychologue du bonheur. La jeune romancière sorcière enchaîna en arrondissant les yeux dans une transe : « L'autre est toujours porteur du mal que nous refusons d'avouer en nous-mêmes… » Il était déjà minuit passé et le halo onirique s'épaississait rapidement. Choutov se sentit moins ridicule. Sa tension finit par se relâcher, cédant la place à une clarté mélancolique.

Il se disait que ce spectacle gentiment loufoque se jouait dans un pays qui avait donné au monde des génies prométhéens dont la parole avait jadis affronté l'exil, la mort et, ce qui est pire, la hargne des philistins. Une audace prophétique, des vies brûlées sur l'autel de la vérité… Dans sa jeunesse, il voyait ainsi cette grande et vieille littérature. À présent, à l'autre bout de la table, souriait finement ce Chinois dont les livres avaient été réécrits par un obscur rédacteur (un « nègre » pour un Chinois, le comble !). À sa gauche, une jeune femme épatait le public par son air démoniaque. Son vis-à-vis, un Africain venu d'un pays couvert de millions de cadavres, racontait des « histoires de cul », comme disent les Français, oui, des anecdotes lestes assaisonnées de folklore d'une origine douteuse…

Choutov ne comprit pas ce qui rompit cette sensation d'absurde. Sa voisine, cette femme aux cheveux grisonnants, avait une voix faible ou, plutôt, elle n'usait d'aucun effet vocal. On sentait que, sereinement, elle avait accepté les règles de ce jeu stupide : s'exprimant la dernière, à minuit, une femme de son physique n'a aucune chance à la télévision. Songeuse, la tête inclinée, elle ne regardait personne. Choutov eut l'impression qu'elle s'adressait à lui seul.

L'histoire est très simple, disait-elle, une femme aime un très jeune homme happé par la drogue. Après un an et demi de combat, elle parvient à le sauver. Au bout d'un mois, il rencontre une fille de son âge et s'en va.

« En fait, le livre commence quand tout est fini pour mon héroïne. Il en est ainsi de nos vies, je crois. Quand on n'attend plus rien, la vie s'ouvre à l'essentiel... »

Soudain, toujours de sa voix calme, elle interpella Choutov : « Vous citiez Tchékhov, tout à l'heure... Oui, il nous encourageait à couper le début et la fin d'une nouvelle. Je ne sais pas si le remède du docteur Tchékhov peut guérir un roman. En tout cas, mon héroïne vit dans la partie du récit qu'il conseillait de couper. »

Et sans changer de ton, sans effort déclamatoire, elle lut quelques phrases du livre ouvert devant elle. Une forêt d'hiver, une femme dans un sentier bruni par le feuillage déchu, une amertume apaisante, la douleur qui devient joie à chaque pas dans l'enfilade brumeuse des arbres...

L'émission prit fin. Choutov resta assis, les yeux mi-clos. Une forêt brumeuse, une silhouette qui disparaît au fond d'une allée… Un technicien l'éveilla pour lui retirer son micro. Dans le couloir, près du salon de maquillage, il retrouva la femme aux cheveux gris. « Pourquoi êtes-vous venue dans ce cirque ? » Il n'eut pas le courage de poser cette question, bougonna :

« Merci pour Tchékhov ! Grâce à vous, j'ai eu l'air moins bête. Mais je n'ai pas retenu le titre de votre livre…

– *Après sa vie*. Je vous l'enverrai. Le vôtre, je l'ai lu à sa sortie. J'ai lu tous vos romans… Mais je ne m'attendais pas à vous voir ici. Pourquoi êtes-vous venu ? »

Ils sourient en imaginant les excuses qu'inventent d'habitude les écrivain3s : mon éditeur a tellement insisté, j'étais là pour faire barrage à l'abêtissement des esprits… Et c'est à ce moment qu'il vit Léa.

« C'était hyper sympa ! » déclara-t-elle en l'embrassant sur la joue. Il se retourna pour la présenter à la femme aux cheveux gris mais celle-ci était déjà entrée dans le salon de maquillage. « Non, vraiment, c'était très fort, poursuivit Léa. Ça donnait envie de lire. Surtout cet écrivain chinois, il était tellement gentil. Tout ce qu'il disait sur le yang et le yin était très profond ! En revanche, ta voisine, enfin celle qui est passée la dernière, elle était franchement nulle. Et puis, tu as remarqué comment on l'a maquillée ? On aurait dit… »

La femme « nulle » sortit du salon et Choutov la vit s'en aller. En marchant elle se frottait le visage avec une lingette et, de loin, on aurait pu croire qu'elle essuyait ses larmes.

Dans le taxi, l'enthousiasme de Léa ne connut pas de répit. Choutov se disait que la stupide magie médiatique venait de le « relooker » et que peut-être ce qu'il croyait un échec lamentable allait relancer leur couple. Léa loua la prestation de la jeune sorcière, la trouvant « savamment limite », puis reparla de la femme qui venait de lire quelques lignes de son livre. « Celle-là, je ne comprends pas, une vraie erreur de casting. Elle est vieille, moche, enfin pas sexy et en plus elle avait l'air de s'embê-ter. Heureusement tu as parlé de Tchékhov, cela lui a permis de se faire mousser un peu… »

Choutov toucha la main de Léa et murmura très calmement : « Ce n'est pas la peine de développer. Je sais que tu n'es pas aussi conne que tu essaies de paraître. »

Peu de temps après, il regretterait ce défaut de souplesse. Il savait qu'on ne vous pardonne jamais le refus de participer à un jeu de dupes.

Choutov n'était pas dupe non plus des « infidé-lités » de Léa. Le mot semblait vaudevillesque, il en trouva d'autres (« elle couche de temps en temps avec un copain ») et préféra agir en écri-vain : vivre à l'écart de la situation pour ne pas en souffrir et pouvoir la décrire un jour. Mais la posture d'observateur froid est un leurre. Il souffrait, méprisait sa souffrance, plongeait dans un cynisme goguenard, émergeait pour laver sa bien-aimée de tout soupçon, bref, se comportait comme un héros d'un de ces romans psychologiques dont les auteurs étalent avec pédanterie leur science de l'âme humaine, le genre littéraire qu'il abhorrait.

Ce qu'il réussissait le mieux c'était de rester aveugle, il avait déjà remarqué qu'avec l'âge l'exercice devenait aisé.

Il se serait forcé à ne rien voir non plus ce soir-là si Léa n'avait pas décidé de lui offrir une illusion d'amour retrouvé.

C'était au début du mois de février, une chute de jour morne, le macadam reflétait tout un monde souterrain où se jeter et disparaître. Choutov revenait d'un rendez-vous (un éditeur lui avait expliqué en quoi le sujet de son livre était invendable) et, n'osant affronter la foule dans le métro, il avait gravi Ménilmontant à pied. Un infime surcroît de douleur pouvait rendre sa vie intenable et alors… La carotide coupée ? Un nœud coulant ? Tout cela était bon pour un roman, tandis que dans la vie, ce surplus de malheur prit la forme d'une poubelle renversée en bas de leur immeuble, une corne d'abondance épanchant ses déchets ménagers. Pas de quoi se trancher la gorge, messieurs les romanciers !

Il sentit l'odeur d'un feu de bois déjà dans la spirale étroite de l'escalier. Derrière la porte du « colombier » ondulait une musique soyeuse et, le temps de trouver la serrure, Choutov vécut cette confusion des sens : dans son grenier, se déroulait une fête mais lui, cet homme vêtu d'un pardessus gorgé de pluie, ne possédait plus la bonne clef pour pénétrer dans cette vie festive.

Léa avait préparé un dîner, allumé le feu et les bougies, l'illusion était parfaite. Jusqu'à l'imitation de leurs lectures d'autrefois. À la fin du repas, elle annonça d'une voix un peu trop lyrique : « Je viens de lire *Vanka* de Tchékhov. C'est déchirant. J'ai pleuré… non mais pour de vrai ! »

Choutov l'observa. Une jolie jeune femme qui fumait nonchalamment, lovée dans une pose féline (« une image éculée », pinailla-t-il). Et, deux ans auparavant, cette fille un peu fauchée, dans une cabine téléphonique de la gare de l'Est. Une mutation frappante mais naturelle : la rapidité d'adaptation de la jeunesse, la force d'une vie en plein envol. Des études de journalisme qui, en France, mènent à tout, une bande d'amis de son âge. Et cet homme vieillissant encore utile et dont il serait facile de se débarrasser. Un homme qu'on a envie, un soir d'hiver, de rendre heureux, en lançant dans son gourbi quelques étincelles de cette jeune existence si libre, si dense…

« Tu sais, Léa, je n'ai jamais été fou de Tchékhov. »

La voix de Choutov fit entendre une corde trop tendue vu la banalité de ce qu'il énonçait. Malgré la somnolence, elle dut s'en apercevoir :

« Ah bon, je croyais que… Enfin, rappelle-toi, tu ne jurais que par lui ! Ses phrases en coup de bistouri, c'est toi qui le disais… »

Les coudes sur la table, il se frotta les tempes puis regarda Léa et comprit qu'elle voyait ce visage, chiffonné par toute une soirée de mimiques à contre-emploi.

« Non, je ne parle pas de son style, répliqua-t-il. C'est un conteur hors pair, la concision, l'art du détail, l'humour, tout y est. Je m'incline ! Ce qui me gêne c'est que Tchékhov soit souvent compatissant. Bon, c'est un humaniste. Il a pitié d'une aristocrate qui a claqué son argent à Paris et qui revient en Russie se lamenter dans sa chère cerisaie. Il plaint trois provinciales qui n'arrivent pas à quitter leur trou pour aller à Moscou. Il pleure sur le sort d'une foule de médecins, de nobliaux, d'étudiants éternels et…

– Mais attends, c'étaient des gens qui souffraient ! Il montre que la société a brisé leurs rêves, que la médiocrité de leur époque les étouffait…

– C'est vrai… Mais tu vois, Léa, Tchékhov est mort en 1904 et très peu de temps après, enfin, quinze ans, vingt ans après, dans ce même pays où ses héros maudissaient leur mal-être à l'ombre des cerisaies en fleur, oui, dans ce même pays, des millions d'êtres humains étaient sauvagement exterminés sans qu'aucun humaniste s'inquiète de leurs "rêves brisés", comme tu dis…

– Excuse-moi, Ivan, là je ne te suis plus. Tu ne vas pas quand même lui mettre sur le dos tous les morts du goulag !

– Si… En fait, non. Bien sûr que non ! Seulement, après ce qui s'est passé dans mon pays, je crois avoir le droit de dire à Tchékhov : cher maître, pleurez vos nobliaux si fins, si sensibles et laissez-nous pleurer nos millions de misérables péquenots ! »

Il se tut, puis bredouilla sur un ton conciliant :

« J'aurais dû le formuler autrement… »

Le récit de Tchékhov, ce *Vanka* qui avait enchanté Léa, était l'un des préférés de Choutov. Mais en parler pendant ce dîner qui imitait leurs soirées d'autrefois, non ! Ce jeune Vanka, Léa avait fait de lui un bout de décor dans sa comédie de tendresse. « Peut-être veut-elle ainsi me tirer sa révérence. Un divorce en douceur, dans un cadre élégiaque, pour éviter une rupture brutale. En fait, elle m'a piégé et moi, j'ai mordu à l'hameçon. Pauvre écrivain, piètre expert en l'âme humaine. Oui, un cordonnier mal chaussé… »

« Je te signale, Ivan, que tu te plantes complètement. Dans ce récit, il ne s'agit pas d'un nobliau, mais d'un petit paysan envoyé en ville, comme apprenti, et que son patron maltraite. Il n'a que son grand-père, il lui écrit. Et comme il ne connaît pas son adresse il marque sur l'enveloppe : "à mon grand-père, Constantin Makarytch, à la campagne". Il poste sa lettre et attend la réponse ! Cette scène m'a mise KO ! Ce qui m'épate c'est ton manque de sensibilité. Tu es russe mais cette histoire te passe totalement par-dessus la tête…

– Je ne suis pas russe, Léa. Je suis soviétique. Donc sale, bête et méchant. Très différent des Michel Strogoff et autres princes Mychkine dont les Français raffolent. Pardon… »

Elle le dévisagea d'un air buté, hostile, sa voix refusa d'accepter le sourire triste de Choutov.

« Justement, ta génération de Russes avait été tellement formatée par le régime totalitaire qu'on ne peut plus communiquer avec vous. Même au quotidien, je veux dire. Vous n'avez jamais appris la moindre tolérance, c'est tout blanc ou tout noir et, à la longue, ça devient lassant. Je me tue à t'expliquer que… »

Léa poursuivit son réquisitoire et il comprenait que, d'une minute à l'autre, le verdict tomberait : elle allait lui annoncer son départ. Elle n'aurait même pas à argumenter, il venait lui-même de prêter le flanc… Ce grenier sans elle ? « Un infime surcroît de douleur pourrait rendre ma vie intenable… »

Il passa en revue toutes les voies de repli : s'excuser, rire, feindre la contrition, se reconnaître génétiquement modifié par le communisme… Elle était en train de dire : « Tant que ce passé d'esclavage soviétique reste en vous… (brève zone d'inattention, Choutov regarda les bras de Léa : « Elle ne saura jamais à quel point son bras peut être beau »). Et quand on ne se sent pas libre, on écrase les autres, on ne respecte pas leur intériorité. Moi, ce Vanka qui écrit à son grand-père, j'en suis toute chamboulée. Toi, tu t'en fiches. D'ailleurs, il faut qu'on discute sérieusement parce que vraiment…

Il toussa sous la poussée des paroles retenues et, au début, sa voix chuinta, cassée, sans expression :

« Bien sûr, Léa, on discutera quand tu voudras. Mais avant, je vais te raconter une petite histoire. Assez tchékhovienne, d'ailleurs. Je la tiens d'un ami. Il était orphelin et, enfant, on l'envoyait, avec ses camarades, ramasser des légumes dans des kolkhozes. Un jour, c'étaient des espèces de rutabagas qu'il fallait retirer du sol plus ou moins gelé. Ils farfouillaient dans la boue et soudain, mon copain a déterré un crâne, puis un casque de soldat. Leur surveillant lui a dit d'aller porter cela à la direction du kolkhoze. Il est parti, a longtemps pataugé dans les labours ensuite s'est arrêté et… Comment dire ? Il a compris qu'il était seul sur cette terre. Ce ciel bas du Nord, ces champs froids à perte de vue, lui avec ce crâne et le casque dans un sac. C'est très troublant, tu sais, pour un enfant d'affronter une solitude aussi absolue, presque cosmique : lui, le ciel, cette boue sous ses pieds et personne de qui attendre un mot de tendresse. Personne dans l'univers entier ! Aucun grand-père à qui envoyer une lettre… Donc, tu vois, je suis quitte avec Tchékhov et son Vanka. Ce gosse au milieu des champs, c'était moi, tu l'auras deviné. »

Son récit ne servirait finalement à rien. Peut-être apporterait-il à leur rupture juste ce motif supplémentaire : le refus de partager le passé de celui qu'on n'aime plus.

Un blessé ne fait pas autre chose, Choutov l'avait appris dans l'armée. Un corps atteint se débat contre la première vague de douleur, s'agite, lutte, puis, assommé, se fige. Pendant les derniers mois de leur relation, il se comporta comme un blessé qui entame sa danse avec la mort, en la repoussant, en la serrant contre son cœur. Un jour, dans un café plein de monde, il se figea. « *Chout* signifie en russe un clown, disait Léa, un bouffon. » Un clown triste, ajouta-t-il, conscient que le mot définissait bien ce qu'il était devenu.

Vint un printemps gris, sans goût : le vide des rues la nuit, le flou des jours qui commençaient pour lui à trois heures de l'après-midi et ce grenier, seul endroit où sa vie gardait un semblant de sens. Grâce à ces cartons que Léa allait emporter.

Et s'il y avait un ailleurs, c'était ce parc d'il y a trente ans, sous le feuillage d'automne, à Leningrad, deux ombres qui marchaient lentement, leur respiration rythmée par un poème.

L'alcool l'aidait à croire que ce pays sous l'or des feuilles existait toujours. La certitude devint si vive qu'un jour Choutov accomplit ce qui, auparavant, lui paraissait inimaginable : il trouva une agence qui obtenait des visas pour la Russie et désormais, toutes les deux semaines, il préparait une valise, réservait un billet. Et ne partait pas.

Il finit par admirer le doigté avec lequel Léa avait transformé leur liaison en vague camaraderie. Absente pendant deux mois, elle se mit à donner des signes de vie mais déjà en qualité d'ancienne amie, bienveillante et dépassionnée. Asexuée. C'est en cette qualité qu'elle l'appela vers la mi-mai. Sa voix créa une distance telle que Choutov crut parler à une femme rencontrée dans une autre époque de sa vie. À la fin de la conversation, l'ancienne Léa se trahit, mais à bon escient : « Tu te rappelles, il y a chez toi cette table basse que j'ai achetée ? Et aussi mon étagère d'angle. Je viendrai avec un ami qui a une voiture. Mais je voulais te prévenir… En fait, je lui ai dit que nous étions simplement de bons camarades et que ces meubles, je les avais juste entreposés chez toi. Si tu préfères, il peut ne pas monter… »

Choutov protesta avec véhémence, craignant de passer pour un barbon jaloux. Et c'est ainsi qu'il put voir l'ami de Léa (stature de grand adolescent, visage fin, harmonieux). Il le salua et, réfugié dans la cuisine, les entendit parler de leur appartement. Ils se concertaient pour savoir où ils allaient placer les meubles emportés. Malgré lui, Choutov se vit dans ces pièces sentant la peinture fraîche, dans leur monde… La ferveur qu'ils mettaient dans l'emménagement le toucha. Le jeune homme portait la petite étagère comme on porte un nourrisson. Et Choutov se sentit terriblement vieux et désabusé.

Dans son grenier, il ne restait plus que quelques cartons, un sac avec les vêtements de Léa et deux piles de livres. Parfois, Choutov ouvrait un volume, le feuilletait : amours et désamours, douleur et plaisir, sagesse lente à acquérir et, somme toute, inutile. Des petites dissertations de psychologie que les Français appellent « romans ».

Il aurait pu écrire un de ces menus ouvrages. En imaginant Léa tantôt en Rastignac en jupon, tantôt en fille perdue et repêchée par un vagabond au grand cœur. Que pouvait-il inventer d'autre ? Une enfant égarée dans la jungle de la capitale, une profiteuse cynique, une madone dormant sous la transparence lunaire… Une provinciale corrompue par Paris, une Galatée éveillée par son Pygmalion. Tout cela était vraisemblable mais faux.

Il y avait plus de vérité dans ce bref regard : se faufilant jusqu'à la taille dans son velux, Choutov suivit Léa et son ami qui traversaient la cour, en portant une table à journaux, on voyait l'arrière d'une voiture garée dans la rue. Une soirée de mai, ce jeune couple s'en allant vers une lumineuse enfilade de routes, de voyages, vers cette imprévisible richesse de petites joies qu'est la vie. Son cœur se serra (que de fois il s'était moqué des auteurs qui employaient cette expression !) et il crut pouvoir donner tout ce qu'il avait pour que ce début amoureux soit un bonheur ! Les jeunes posèrent la table sur le trottoir, le garçon ouvrit le coffre. Et c'est alors que Léa leva la tête et son regard, d'abord hésitant, retrouva le grenier et le velux… Choutov se cacha rapidement et resta un instant courbé, haletant comme après une course, honteux d'avoir pénétré dans une vie où il n'existait plus.

Désormais, une félicité amère l'habita : l'apaisement de ne plus rien désirer, d'avoir si peu d'objets autour de lui, de n'éprouver aucune jalousie. De ne plus avoir à se battre.

Il aurait pu vivre longtemps dans cette paix du renoncement. Mais, une semaine plus tard, Léa l'appela et demanda si elle pouvait passer le lendemain pour terminer le déménagement. « Ce sera vraiment la toute dernière fois ! » dit-elle, rassurante.

La toute dernière fois… « La mort, pensa-t-il, commence avec ces petites phrases à double sens, bien avant la disparition physique. » Il s'approcha du coin où étaient rangées les affaires de Léa, s'accroupit, caressa la soie d'un chemisier. Et sentit au fond de lui quelqu'un qui voulait encore désirer, aimer… « Ne pas être pris pour un vieux meuble ! » cria cet autre. Pouvoir embrasser le bras d'une femme endormie.

Mais surtout, après cet appel, il comprit qu'il n'aurait pas la force d'assister à ses propres funérailles dans ce grenier qu'on allait vider de tout ce qui était sa vie.

Ces noms sont plus mystérieux que les picto-grammes d'un papyrus usé par les millénaires. Des adresses périmées, des numéros de téléphone étran-gement brefs. Tout un monde caduc que Choutov essaye de ranimer en feuilletant nerveusement ce carnet remonté du fond d'un vieux sac de voyage. Le sac avec lequel il a quitté la Russie, il y a vingt ans… Oui, un papyrus, la comparaison n'est pas exagérée : depuis, un pays a disparu, les villes ont changé de nom et les visages qui surgissent derrière les adresses ne survivent que dans la mémoire de Choutov.

Il jette un coup d'œil sur la fenêtre qui commence à pâlir. Sa décision est prise. À dix heures du matin, Léa viendra avec son ami et ils ne trouveront per-sonne. Le visa dans son passeport est encore valide. Il partira tout de suite après avoir retrouvé l'adresse de celle qui… Une silhouette tracée par le soleil d'automne sur la dorure des feuilles.

Elle s'appelait Iana. À la fin de ses études, elle a quitté Leningrad pour aller travailler de l'autre côté de l'Oural. Il sait cela. Rien de plus. Les adresses de son carnet, tel un message codé, pourront peut-être le mener vers cette femme : une kyrielle d'anciens amis qui, par relais, lui indiqueront les lieux où elle a habité pendant cet abîme d'années.

L'un d'eux vit dans la Sibérie occidentale. Choutov l'appelle, demande pardon pour ce coup de téléphone presque nocturne, puis comprend que là-bas, au-delà de l'Oural, le soleil est déjà au zénith. Ce qui l'étonne le plus, c'est que l'ami en question soit si peu étonné. « Ah bon, tu appelles de Paris. J'y ai été en avril avec ma femme… Qui ? Iana ? Je crois qu'elle a enseigné à l'université de Tomsk… » Choutov épluche d'autres numéros, parle à des inconnus, parcourt trois, cinq, dix fuseaux horaires… Mais c'est la surprise de ce premier entretien qui reste la plus forte : un homme de son âge, dans une ville sibérienne, répond comme si de rien n'était, la vie continue et, il y a deux mois, cet ancien camarade aurait pu le croiser à Paris.

Devant lui, plusieurs feuilles noircies de numéros. Il parvient jusqu'en Extrême-Orient et, à Vladivostok, une voix d'enfant appelle au téléphone une grand-mère, étudiante à l'université de Leningrad, de la même promotion que Choutov, il y a trente ans. « J'ai donc l'âge d'être grand-père », se dit-il, conscient que son exil l'avait banni de la chronologie des humains. Ses amis vivaient, se mariaient, s'entouraient d'enfants et de petits-enfants pendant qu'il se transformait en fantôme sans âge.

« Écoute, Choutov, je sais qu'elle est retournée à Leningrad, enfin à Pétersbourg. Elle avait épousé un type qui était dans le pétrole, oui, tu vois un peu le profil. Et ça n'a pas marché… Non, pas le pétrole, mais leur mariage. Attends, j'ai le téléphone de sa meilleure amie, elle va pouvoir t'aider… »

Cinq minutes plus tard, Choutov note le numéro du portable de Iana. Des chiffres qui, magiquement, contiennent l'ombre d'une lointaine présence féminine, des journées remplies d'or automnal, des aveux jamais osés.

Il est huit heures et demie à Paris, dix heures et demie à Saint-Pétersbourg. Choutov compose le numéro mais juste avant la sonnerie raccroche, va dans la salle de bains, plonge son visage sous l'eau froide, s'ébroue, boit, s'éclaircit la gorge. Puis lisse ses cheveux mouillés devant un miroir. Il sent descendre sur lui cette limpidité d'halluciné que donnent une nuit blanche, une tension extrême, l'alcool vaincu. La sensation d'un vide dans lequel il va se jeter, comme autrefois en quittant la carlingue d'un avion, mais sans le poids rassurant du parachute.

Il rappelle. À Saint-Pétersbourg, un portable s'anime. Une voix masculine au débit étrangement rythmé : « Le Boeing du Premier ministre vient d'atterrir. Les quartiers sud de la ville connaîtront de fortes perturbations de trafic… » Une voix féminine, plus proche : « Tout de suite après le pont, vous tournez à gauche. Évitez la Nevski… » Choutov a le temps de comprendre que la voix masculine est celle d'un speaker et que la voix féminine s'adresse à un automobiliste…

« Allô, comment ? Ah, Ivan ! Justement, l'autre jour j'ai pensé à toi et tu sais pourquoi ? Attends, je vais me garer… »

Cette interruption permet à Choutov de reprendre ses esprits, d'atterrir, pense-t-il, les pieds touchent le sol, le parachute l'entraîne puis, rabattu, s'endort sur l'herbe et c'est seulement là que la certitude s'impose : sain et sauf.

« Oui, mon fils a trouvé ton nom sur un site de livres français. Il s'occupe de la pub pour une maison d'édition. Un nom russe l'a surpris, je lui ai dit qu'on se connaissait… »

La banalité des paroles est confondante. Même blessante. Choutov la ressent telle une égratignure : rien de grave et pourtant la pensée s'y accroche. Il interrompt celle qui n'est pas encore devenue Iana :

« Tu sais, j'arrive aujourd'hui à Leni… à Saint-Pétersbourg.

– Quel dommage ! »

La déception est sincère.

« Comment ça ? Tu ne voudrais pas qu'on se voie ? »

Le ton de Choutov est presque agressif.

« Mais si ! Dommage parce que tu as déjà manqué la moitié de la fête… Attends, d'où sors-tu ? Le monde entier ne parle que de ça. L'avion de Blair vient de se poser. C'est le tricentenaire de la ville… Un hôtel ? Ça va être difficile. Mais on se débrouillera, je travaille dans l'hôtellerie. Sinon… Bon, on verra sur place. Là, Ivan, je dois filer, je suis déjà en retard. Note bien ma nouvelle adresse… »

Le départ de Choutov est une fuite. D'une minute à l'autre Léa et son ami vont frapper à la porte. Il jette ce qui lui tombe sous la main dans son vieux sac de voyage. Écrit un mot, sonne chez son voisin australien, lui remet la clef, court attraper un taxi. Et à l'aéroport, pour la première fois depuis de longues années parle sa langue maternelle. Le représentant d'une compagnie russe le rassure : l'avion sera à moitié vide, le rush a eu lieu hier, tout le monde voulait arriver pour l'ouverture des festivités.

En vol, Choutov vacille entre le sommeil et l'irréalité. Il va voir une femme dont il garde, trente ans après, le souvenir d'un silence lumineux, le dessin clair du visage. Une tout autre femme roule maintenant dans sa voiture le long de la Neva. Et pense à lui ? Elle travaille dans un hôtel (il imagine un établissement de l'époque soviétique, une matrone installée à l'accueil), elle a un fils, un « publicitaire » (comment le dit-on en russe ?), mais surtout elle semble ne pas s'effrayer du gouffre interstellaire qui les avait séparés. Se souvient-elle de leurs rencontres, dans ces parcs où venaient s'éteindre les couchers de soleil au-dessus de la Baltique ?

À mi-parcours, il s'endort en emportant dans ses rêves cette question qui fait si mal : « Donc, si je ne venais pas, la vie des gens que j'ai appelés continuerait comme avant ? Et la vie de Iana aussi ? Alors pourquoi venir ? »

II

En pensée, Choutov a su rajouter trente ans au visage de la jeune fille qu'il avait connue. À la vieillir d'une touche de patine argentée, d'une résille de rides… Celle qui lui ouvre a certes vieilli mais autrement. Il a imaginé un tassement corporel, une lourdeur que, du temps de sa jeunesse, les femmes accusaient à partir d'un certain âge, leur vie étant peu propice au raffinement. Une ouvrière aux commandes d'un rouleau compresseur, situation pas si rare autrefois… Iana l'embrasse avec un pépiement de bienvenue et il doit, dans une rapide traduction visuelle, accepter cette femme mince, aux cheveux d'un blond ocré, à l'allure juvénile.

« Elle ressemble à… Léa ! » Le constat est tellement déconcertant que plus rien ne l'étonne. Ni la longueur du couloir, ni toutes ces pièces qui se succèdent (un appartement communautaire ?), ni même cette invitation de Iana : « Viens, je vais te montrer le jacuzzi… » Ils arrivent dans une salle de bains très vaste dont la moitié est occupée par une baignoire ovale. Deux plombiers s'affairent autour

61

de ce monstre rose. « Faites attention à la dorure, hein ! » les interpelle Iana, à la fois sévère et blagueuse. Les hommes répondent par un rassurant grognement. Elle lance un clin d'œil à Choutov et l'entraîne dans une grande pièce vide.

« Regarde ! Ici, ce sera le salon. Pose ton bagage, je vais te faire une visite guidée. »

Ils reprennent leur flânerie à travers cet intérieur très blanc, éclairé par des constellations de spots halogènes et que Choutov hésite à nommer « appartement ». En laissant son sac, il a éprouvé une crainte puérile : va-t-il le retrouver dans ce labyrinthe ? Iana avance, sourit, explique. La cuisine, la salle à manger, une autre salle à manger « au cas où nous serions au grand complet », une salle de bains mais avec une baignoire simple, une chambre, une autre chambre… Elle dit « nous » et Choutov n'ose pas demander si elle est mariée… Il se souvient qu'elle travaille dans l'hôtellerie. Il s'agit peut-être d'une suite à louer ? Les mots russes lui manquent pour traduire cette nouvelle réalité.

Il a déjà remarqué ce défaut tout à l'heure. Le taxi l'a laissé aux abords d'un quartier fermé à la circulation. Il marchait, léger, curieux, décontracté – l'attitude qui correspondait, pensait-il, à son statut : un étranger dont les vêtements et les gestes n'allaient pas passer inaperçus. Très vite, il s'est rendu compte que personne ne lui prêtait attention. Les gens étaient habillés comme dans les rues d'une ville occidentale, avec un peu moins de négligence peut-être. Et si l'on pouvait le distinguer au milieu de la foule estivale c'est grâce à l'aspect fatigué de sa mise. Perplexe, Choutov se disait qu'il n'était pas loin de passer pour un clochard…

« Et là, tu vois, cette partie du plafond va être ouvrante, on verra le ciel, il faut profiter de chaque rayon de soleil, on n'est pas en Floride ! » Choutov observe Iana avec l'intensité qu'un regard d'explorateur aurait pour une espèce à classer. Elle fait penser à Léa… Non, la ressemblance est fausse. Tout simplement, elle est conforme à un certain type de femme européenne : sveltesse, blondeur lisse, visage soigneusement préservé des rides.

« Ta famille habitera ici ? » Il voudrait parler à Iana de leur passé mais il faudra, avant, poser ces questions d'usage.

« Disons que le déménagement était prévu pour demain. Sauf que… avec ces fêtes, on a dû tout reporter. Du coup, si tu veux dormir ici… Trouver un bon hôtel, ça ne va pas être simple. Nous en avons quatre dans notre chaîne, mais vu le nombre de VIP qui débarquent, tu te sentiras dans une forteresse assiégée, il y a dix gardes du corps à chaque porte. Donc, bienvenue dans ma chaumière ! Deux chambres sont déjà plus ou moins meublées… Et là, tu vois, c'est un autre couloir. Quand on a réuni tous les appartements, on a aménagé un deux-pièces pour mon fiston. Vlad, on peut entrer ? »

Le jeune homme qui les accueille est étrangement reconnaissable : un grand dadais en tee-shirt et jean, un blond d'une vingtaine d'années, tel qu'on pourrait le croiser à Londres, à Amsterdam ou dans une série télévisée américaine.

« Whisky ? Martini ? Bière ? » propose Vlad avec un sourire en désignant un plateau où se dressent des bouteilles. « Ça y est, le deuxième degré est là », pense Choutov. La Russie a copié ces modes occidentales et maintenant s'amuse à les pasticher. Près de la fenêtre, un portemanteau surmonté de la tête hirsute d'Andy Warhol, en moulage de plâtre. En face, un drapeau écarlate, des lettres d'or : « En avant, vers la victoire du travail communiste ! » Un poster de Madonna et, accrochées à sa poitrine, des médailles de la dernière guerre. Un téléviseur, son écran long d'au moins un mètre : une voiture freine au sommet d'une montagne, face à un féerique lever de soleil. « Pour être à l'heure là où chaque instant compte ! » dit la voix chaude et virile de la publicité…

Vlad se rassied devant son ordinateur. Iana lui lisse un épi dans les cheveux. Gêné, il s'écarte : « Arrête, maman… » Une seconde, sur le visage de la mère passe le reflet que Choutov reconnaît avec un bref à-coup de respiration.

« J'ai vérifié, dit Vlad, vous n'êtes pas bien commercialisé en Europe. » Choutov se courbe et, ébahi, distingue sa photo. « Je ne suis pas très… connu et puis… Je ne savais pas que mes livres étaient répertoriés sur Internet. En fait, je n'ai pas d'ordinateur, je rédige à la main, ensuite je retape sur une machine… »

Vlad et Iana lâchent un rire indécis : leur invité a un sens de l'humour un peu lourd.

Une toux chuinte dans la pièce voisine et les tire d'embarras. Derrière la porte entrouverte, Choutov aperçoit le papier peint des murs, le bas d'un lit recouvert d'une couverture vert foncé, comme celles fournies autrefois dans les trains de nuit…

« Ça, c'est du Ionesco ! s'exclame Iana en devançant sa question. Non, il faut que je te raconte. Nous avons réussi à vider quatre appartements communautaires, et ça sur deux étages. Onze pièces à réunir, vingt-six personnes à recaser ! Une combinaison immobilière plus dingue qu'un championnat d'échecs. On les a tous relogés, pour certains il a fallu faire trois échanges croisés. Des paperasses, des tracasseries, des dessous-de-table, je te passe les détails. Enfin, les deux étages étaient à nous. Restait juste cette pièce-là. Et dedans, un cadeau pour la pendaison de crémaillère ! Oui, ce vieux (il est paraplégique, le pauvre) qui devait être admis dans une maison de retraite il y a encore dix jours. Et puis, hop, arrive ce fichu tricentenaire, on bloque la ville et voilà qu'on doit vivre avec un grand-père qui n'est pas à nous ! Enfin, après-demain il va être évacué. Non, je te dis, c'est comme dans cette pièce de Ionesco, tu te souviens, un appartement où traîne un cadavre dont personne ne sait comment se défaire… »

La comparaison est douteuse et, pour rattraper la situation, Iana frappe à la porte : « Guéorgui Lvovitch, on peut venir vous dire bonjour ? » À Choutov, elle murmure rapidement : « Je pense qu'il est un peu sourd. Et en plus, il a perdu… le don de la parole. »

C'est un lapsus, ce « don de la parole », il fallait dire : « il est muet » ou « aphasique ». Mais déjà ils pénètrent dans la chambre.

Un vieillard est étendu dans un lit en tubes nickelés, objet que Choutov croyait depuis longtemps disparu. Sur sa table de nuit, une tasse où macère un sachet de thé, le reflet des grosses lunettes à double foyer. Ses yeux répondent au regard de Choutov avec une lucidité parfaite. « On a tout organisé, Guéorgui Lvovitch, bientôt vous serez en bonnes mains. » Iana parle d'une voix forte et artificiellement joyeuse. « Les médecins vont vous emmener en pleine nature. Vous écouterez les oiseaux… » Le visage du vieillard ne change pas d'expression, gardant son air de détachement grave, sans la moindre crispation d'aigreur, sans aucune velléité d'entrer en contact par la mimique, à défaut de parole. Comprend-il tout ? C'est presque sûr, bien que pour seule réponse il baisse les paupières. « Bon, reposez-vous, Guéorgui Lvovitch, si vous avez besoin de quoi que ce soit, Vlad est là tout le temps… » D'un petit hochement de tête, Iana indique à Choutov que la visite est terminée. En reculant, il remarque un livre abandonné sur le lit : la main du vieillard touche le volume comme si c'était un être vivant.

Iana referme la porte et soupire en arquant les sourcils. « Quand on est de sa génération, mieux vaut avoir quitté ce bas monde avant les derniers chambardements. Tu sais quelle retraite il touche ? Mille deux cents. Roubles. Quarante dollars. De quoi devenir muet. Lui qui a fait la guerre jusqu'à

Berlin. Mais oui, à présent, tout le monde s'en fiche ! D'ailleurs c'est rageant qu'on ne puisse plus entendre sa voix, c'était un chanteur professionnel. Ses voisins m'ont raconté que pendant la guerre, enfin pendant le siège de Leningrad, il partait avec tout un chœur pour chanter devant les soldats... »

Elle se remet à marcher, s'arrête devant une fenêtre ouverte. Une soirée de mai claire et fraîche, une étrange impression d'automne. « Tu vois, quand on était jeunes, on n'avait pas le temps de parler avec les gens comme lui, et maintenant, c'est lui qui n'a plus de parole... »

Choutov s'apprête à dire pourquoi il est venu, à rappeler leur jeunesse... « Devine ce que c'est ! » demande Iana en retrouvant sa voix de guide. Une grande main en marbre posée sur un guéridon dans l'entrée de l'appartement. « C'est la main de Slava ! » Devant la mine perplexe de Choutov, elle fait une moue étonnée, comme si ne pas reconnaître « la main de Slava » était un flagrant manque de goût. « Oui, la main de Rostropovitch. C'est un ami. Et c'est moi qui ai eu cette idée. Maintenant, tout le monde a des cartes de visite et j'ai pensé que nos invités poseraient leur carte dans cette main... On met d'habitude un truc en faïence, mais une main c'est beaucoup plus original... » Choutov se dit que du temps de sa jeunesse, il n'a jamais vu quelqu'un en Russie sortir une carte de visite. Oui, leur jeunesse...

« Tu sais, je ne suis pas venu pour la fête... dit-il avec une insistance un peu bourrue. Je pensais que... » Le portable de Iana sonne. « Oui, j'arrive, j'étais dans un bouchon. Mais tu as vu la pagaille ? Dans un quart d'heure, je suis là… »

Elle montre à Choutov les deux chambres entre lesquelles il peut choisir et se sauve, en courant. En fait, ce « tour du propriétaire » a été aussi une esquive. Iana parlait, riait, s'adressait aux autres comme si elle avait peur de ce qu'il pouvait dire de leur passé. Comment aurait-il d'ailleurs abordé ces lointaines journées qui les unissent encore ? « Je vous aime, Nadenka… » Choutov sourit. Oui, il aurait pu citer Tchékhov.

Il quitte l'appartement cinq minutes après Iana. La gravitation de la ville en fête l'aspire, le pousse vers une vie où il sera de nouveau lui-même, parlant la langue de son enfance, noyé dans une masse humaine à laquelle il appartient par ses origines. Il se sent un vieux comédien qui après avoir joué une pièce trop longue (« ma vie en Occident », pense-t-il) se débarrasse de ses oripeaux et se noie dans la foule.

Les policiers lui barrent le passage non loin de l'Amirauté. Il fait un détour et retombe sur une rue fermée. Se dirige vers le quai du Palais et se voit refoulé dans la rue Millionnaïa. Il essaye de négocier puis, naïvement, demande des explications, enfin s'en va, ne cherchant plus à rejoindre le lieu des festivités. La fête bat son plein, si proche, à quelques pâtés d'immeubles, et inaccessible comme dans une marche tortueuse à travers un mauvais songe. « Vous auriez dû lire les journaux, marmonne l'un des policiers. Tous les quartiers fermés étaient indiqués… »

Il avance encore, guidé par des repères de plus en plus vagues. Le sifflement lumineux d'un feu d'artifice, un coup de vent, à l'amertume d'automne, qui vient de la Neva… Ou bien ces deux couples qui marchent en se chamaillant et semblent connaître le chemin de la fête. Il s'apprête à les aborder mais ils s'installent dans une voiture, partent…

Sa fatigue est telle que débouchant sur le jardin d'Été, il prend sa haute grille pour un nouvel obstacle. Il serre les barreaux, le visage tendu vers l'obscurité odorante des allées. Le feuillage est tendre comme toujours dans cette fugace attente de l'été. Il lui faut un effort de recueillement pour que les paroles si longuement rêvées se disent avec la gravité de circonstance : « Il y a trente ans, sous ces mêmes arbres… »

Il entend un gémissement, se détache de la grille, hésite sur l'attitude à adopter. La jeune femme qu'il voit lui paraît ivre. Ou plutôt… Elle vient de marcher sur un tesson de bouteille et s'est blessée. Les rues en fête sont jonchées d'éclats de verre. « Il faudrait des bottes en caoutchouc… », geint-elle. Choutov lui dit de s'asseoir sur le rebord de la grille, s'empare du pied entaillé, nettoie la blessure avec la serviette qu'on lui a donnée dans l'avion. La jeune fille doit avoir dix-sept ou dix-huit ans. L'âge qu'avait Iana, pense-t-il. En fait il a bien vu : elle est ivre, elle titube, il faut l'accompagner jusqu'au métro. Il descend avec elle. La rame arrive si vite qu'ils n'ont pas le temps d'échanger le moindre mot. Derrière les portes qui se referment, il la voit assise, déjà plongée dans une vie où il n'est rien. Et pourtant il garde encore dans sa main l'empreinte fragile de ce fin pied blessé.

Il revient dans le nouvel appartement de Iana à minuit passé. Vlad lui ouvre, l'oreille collée à son portable. La conversation est en anglais : le jeune homme parle avec un client à Boston. Sans s'interrompre, il emmène Choutov vers la cuisine, lui indique où se trouve la cafetière, ouvre le réfrigérateur avec un geste d'invite, sourit, s'en va.

Choutov mange, étonné par la diversité des aliments, la qualité du café. C'est ce genre d'appartement, cette nourriture-là qu'à l'époque soviétique, les Russes imaginaient en parlant de l'Occident... C'est ça, ils ont recréé la quintessence occidentale que lui n'a pas vraiment connue en Occident. Le paradoxe l'aide à se sentir moins dépassé.

Il va à la recherche de la chambre que Iana lui a attribuée, s'égare, sourit : « Et si je m'endormais là, sur le paillasson, à l'entrée de ce nouveau monde ? » Dans la grande salle de bains, les robinets luisent, telles de pesantes pièces de musée. « L'or des Scythes... », murmure-t-il en reprenant la route.

Comment juger cette nouvelle vie ? Se réjouir ? Regretter sa fièvre matérialiste ? D'ailleurs dans dix ans, les jeunes n'éprouveront peut-être aucune fébrilité devant cette envahissante matière. Là, ce Vlad affalé sur une banquette de cuir devant le téléviseur. Il sirote une bière et sur l'écran, presque

70

dans la même pose, un jeune homme enlace une blonde dont l'épaule se dénude au rythme de leurs soupirs. La publicité coupe les ébats : une chevelure enrichie par un shampooing s'envole, un chat se jette sur le contenu rutilant d'une boîte de conserve, un brun ténébreux hume sa tasse de café, une voiture s'incruste dans un lever de soleil... Choutov répète mentalement le slogan qu'il a retenu : « Pour être à l'heure là où chaque instant compte ! »

La porte de la pièce du vieil homme muet est entrouverte. Une lampe de chevet, une couverture, les lignes d'un corps inerte. Et soudain, le froissement d'une page. Entrer ? Lui parler, même sans espérer une réponse ? Ou simplement dire bonne nuit ? Choutov hésite puis reprend son périple : en partant de chez Vlad, il se rappelle mieux l'itinéraire.

Dans sa chambre, il découvre ce qui lui a échappé pendant la visite guidée : ces volumes sur un grand rayonnage en bois argenté. Des classiques russes et étrangers, dans une édition de luxe. Du cuir plantureusement nervuré, de l'or, un papier qui procure aux doigts une jouissance sensuelle. Pouchkine, Gogol, Tolstoï... Il attrape un livre de Tchékhov. Le récit qu'il cherche est là. Deux amoureux, leur glissade dans une luge. « Je vous aime, Nadenka... »

Le matin, Choutov suit Iana qui, tout en parlant dans son portable, accomplit mille gestes utiles : rattrape un enfant qui trébuche, indique aux ouvriers les éclaboussures sur le marbre de la salle de bains, branche une bouilloire pour le petit déjeuner, rajuste la jupe que la jeune amie de Vlad est en train d'essayer… Croisant le regard de Choutov, elle sourit, secoue la tête, façon de dire « dans une seconde, je suis à toi », et le tourbillon reprend, les ouvriers veulent son avis sur le coloris d'un mastic, Vlad demande de l'argent, une femme chargée d'un ballot de vêtements annonce que demain la chambre du vieillard sera libérée. Tout cela ne l'empêche pas de donner des instructions par téléphone : « Prépare la vingt-six puisqu'il a besoin d'un salon… Il pourrait très bien se contenter d'une chambre standard… Et alors ? Des ministres, on en a quinze dans nos hôtels. S'ils commencent tous à demander des suites… Poutine n'a qu'à les loger dans son palais Constantin ! Bon, tu le déménages, lui, mais pas les autres… Tiens-moi au courant ! »

Avant l'appel suivant, elle a le temps de dire à Choutov le nom du restaurant où ils pourront déjeuner pour « enfin parler cœur à cœur ». L'expression, malgré son côté convenu, le touche, il bafouille une phrase trop longue, trop nostalgique qui n'arrive pas à s'inscrire dans la cadence trépidante de la matinée. Oui, quelque chose comme : « dans cette allée du jardin d'Été, tu te souviens ?… ». Iana lui envoie un baiser aérien et court vers l'ascenseur, en criant dans son téléphone : « Ça passe mal ici, je te rappelle de la voiture. »

L'énergie de cette nouvelle vie est agréablement contagieuse, un euphorisant que Choutov retrouve, à dose encore plus forte, dans la rue. Il se sent rajeuni, presque espiègle, s'élance pour rattraper le ballon qu'un enfant laisse échapper, décoche un clin d'œil à la mère. S'achète une glace, indique le chemin à deux jeunes touristes égarées. Et parvenu sur la Nevski, atteste le miracle : tout entier il appartient à la foule du carnaval qui se dirige vers le palais d'Hiver, et c'est une appartenance charnelle, une adhésion physique.

C'est une… greffe de visage ! L'image est violente mais elle exprime bien ce qu'il vit. La peau de son nouveau faciès est régénérée par ces regards qui se posent sur lui dans un flot de sourires, de cris, d'étreintes. Oui, un homme greffé doit éprouver le même mélange d'angoisse et de joie en sortant dans la rue : vont-ils s'en apercevoir ? s'écarter à mon passage ? me dévisager avec pitié ? Non, apparemment, ils ne remarquent rien. Ils sourient à cet homme qui n'est pas moi. J'ai donc de nouveau le droit de vivre parmi eux.

Au début, Choutov avance avec la circonspection d'un tel greffé. Mais très vite la folie de ce qui se passe autour de lui le débarrasse de toute crainte. La musique de plusieurs orchestres crée un vacarme où l'on communique par la mimique, par le corps. Du reste, le seul message à partager est l'ébahissement permanent. Une gigantesque vache gonflable à huit pattes vole au-dessus de la foule, son énorme pis arrose les badauds qui hurlent, esquivent les jets, ouvrent leurs parapluies. Un peu plus loin, le flux humain est scindé par une procession de sosies de Pierre le Grand : redingote militaire, tricorne, moustache de chat en colère, canne. La plupart ont une taille qui rappelle, au moins faiblement, les deux mètres vingt du tsar, mais il y en a aussi des petits et même une femme habillée en tsar. À un carrefour, ce régiment se mêle à une escouade de « danseuses brésiliennes » presque nues, parées de plumages. Les uniformes des tsars se frottent contre de longues cuisses bronzées, frôlent les hémisphères rebondis des croupes. Et déjà leur succèdent des courtisans en perruque, l'avenue est engorgée de crinolines, le soleil se réverbère sur les hautes coiffures poudrées. La crème fouettée de leurs habits cède la place à un nouveau monstre gonflable. Un dinosaure ? Non, un navire. Choutov lit sur l'étrave : « Aurore ». « Le croiseur de la révolution d'Octobre », explique une mère à son fils d'une douzaine d'années… On a vraiment changé d'époque s'il faut apprendre ce coup de canon historique qu'autrefois les enfants découvraient dès la maternelle. Cet oubli est rafraîchissant : oui, fichez-leur la paix avec vos guerres et révolutions !

Les haut-parleurs qui percent à travers le charivari musical semblent donner raison à Choutov : « Nous lançons la Grande Révolution de Mai. Tous sur la place du Palais où le maire de Pétersbourg va être décapité ! » Les rires fusent, des masques grimacent, un nouveau Pierre le Grand, à cheval cette fois, surplombe la foule.

Et tout en bas, presque au sol, retentit une voix aiguë : « Laissez-moi passer, je suis en retard ! Dégagez ! » Un nain, un homme déjà âgé, habillé en fou du roi, en fou du tsar plutôt. Le personnage trottine, se dandinant, repousse la foule de ses bras courts. L'une des « danseuses brésiliennes » l'accompagne, lui fraye un passage, en secouant ses plumes et ses bracelets. Visiblement, ils sont attendus sur la place du Palais et leur désarroi est à la fois comique et touchant. « Un bouffon, pense Choutov, s'écartant devant le petit bonhomme. Un *chout*… » La danseuse à moitié nue le bouscule, ses plumes lui chatouillent la joue, il sent la vigueur de ce jeune corps parfumé mais le regard de la femme est étrangement triste.

« Et toi, manant, comment oses-tu ne pas rire avec tout le monde ? Une tête sans sourire a sa place sur un billot ! » Choutov tente de se défaire des mains qui l'empoignent puis cède au jeu. Des comédiens habillés en bourreaux l'encerclent, il se rappelle la consigne répétée par les haut-parleurs : celui qui ne montre pas sa gaîté est l'ennemi du carnaval et doit être décapité. La décollation n'a rien de cruel : une sentence hilare, l'élan d'une hache en plastique, les encouragements venant de la foule… Un des bourreaux lui demande : « Mais alors, ça fait longtemps que vous n'êtes pas venu à Pétersbourg ? » et il n'écoute pas la réponse et s'enfuit pour aller traquer d'autres réfractaires à la joie.

Arrivé sur la place du Palais, Choutov commence à percer le secret des changements. Un geyser d'énergies longtemps comprimées. La fièvre des nouvelles raisons d'être après la démence très raisonneuse de la dictature. Il voit le maire monter à l'échafaud, oui, le maire de Saint-Pétersbourg en personne ! (Serait-ce possible à Paris, à New York ?) Les pétards explosent, la foule pousse un long hululement, le maire sourit, presque flatté. Un bourreau brandit… une énorme paire de ciseaux, les tend vers le cou du condamné, saisit sa cravate et la coupe ! Une vague de délire parcourt la place à la vue de ce trophée exhibé. Un haut-parleur s'étrangle de joie : « Une cravate de chez Gucci ! » Choutov se surprend à crier avec les autres, à taper dans la main des inconnus, son corps soudé aux milliers de vivants. Le petit bouffon de tout à l'heure grimpe, essoufflé, sur le trône et un magistrat en manteau d'apparat le proclame gouverneur de la ville.

« Exorcisme collectif, pense-t-il en allant à son rendez-vous avec Iana. En trois jours de cette comique révolution de Mai, annuler des décennies de terreur, laver le sang des révolutions réelles, s'assourdir du bruit des pétards pour oublier celui des bombes. Lâcher dans les rues ces joyeux bourreaux, pour effacer les ombres qui, dans des nuits pas si lointaines que ça, frappaient aux portes, traînaient dehors les hommes ensommeillés, les jetaient dans des voitures noires. »

À l'arrière du palais d'Hiver, cette pancarte qui annonce un « Portrait de famille ». Assis sur des chaises pliantes, un Pierre le Grand, un Lénine, un Staline et, après une lacune regrettable, un Gorbatchev, une tache badigeonnée au milieu d'un crâne chauve. Staline, une pipe dans la bouche, parle sur son portable. Un Nicolas II et un Brejnev (chaînons manquants) rejoignent le groupe, chargés de packs de bière. Des rires, des flashs. L'imprésario, une jeune femme en minijupe, passe dans la foule : « Allez, mesdames et messieurs, une petite pièce pour les vaincus de l'Histoire. Les dollars sont acceptés… »

« Ils ont enfin réussi à tourner la page », se dit Choutov. L'idée de rester, en pétale desséché, entre les pages précédentes, lui donne envie de courir, de rattraper le temps.

« Tu n'as pas eu le temps de te changer ?

– Non… En fait, je n'ai apporté que cette veste-là…

– Ah bon… »

La musique efface leurs paroles. Il sourit, penaud, en empoignant les revers de sa veste. Des poches bouffies, une couleur délavée… Le personnel du restaurant connaît Iana et la salue avec respect. Certains clients lui font signe. Elle est parmi les siens, pense Choutov sans deviner sur quel critère la sélection entre ces « siens » et les autres se fait dans la Russie nouvelle : simple amitié ? profession ? politique ?

Ils sont assis à une terrasse donnant sur un parc et la musique, d'une gaîté débridée, vient de là, cette nuisance n'est donc pas la faute du restaurant, le maître d'hôtel leur exprime ses regrets. « Oh, ce tricentenaire... », soupire Iana.

Il faudrait crier pour s'entendre mais ce que Choutov voudrait dire ne peut pas être exprimé à voix haute. Ils font donc comme les autres : sourient, mangent, puis hurlent en gesticulant. Grâce à ces répliques syncopées, il apprend ce qu'il savait déjà : la vie de Iana après leur bref amour inavoué. Le travail, le mariage, la naissance d'un fils, le divorce, le retour à Leningrad redevenue Saint-Pétersbourg...

Les mots qui frémissent en lui sont trop faibles, oui, affaiblis par la distance des années, pour percer le bruit. « Tu te souviens, cette soirée à Peterhof, voudrait-il dire, cette brume dorée sur le golfe de Finlande... » Il apprend aussi ce qu'il ne savait pas : la chaîne d'hôtels où travaille Iana lui appartient ! Enfin, non pas nommément à elle mais à ce « nous » mystérieux qu'elle évoque quand il s'agit de sa vie. Leur couple ? Leur entreprise familiale ? Plus que la musique c'est ce manque langagier qui rend la compréhension difficile.

Soudain le vacarme cesse. Un silence étonné, on perçoit le bruissement des feuilles... Et les portables sonnent, comme si les appels guettaient cette pause. Non, simplement, les gens ne les entendaient pas. Ils répondent tous en même temps avec la joie de la parole retrouvée.

Iana est aussi appelée et Choutov parvient déjà à reconnaître ses interlocuteurs d'après le ton qu'elle adopte. Cette voix un peu agacée est destinée aux employés de l'un de « ses » hôtels. Le timbre boudeur et minaudier, à un homme dont il faut calmer la mauvaise humeur et qui semble appartenir à ce « nous » flou mais puissant. Son compagnon, sans doute. Ou bien un mari à qui il faut cacher cet amoureux d'il y a trente ans ? Non, ce serait trop bête…

Elle range le téléphone et il espère pouvoir enfin lui confier le but de sa venue. « Demain, on fête la pendaison de crémaillère, dit-elle. Juste un verre de champagne – il n'y a même pas de tables dans ce chantier, tu as vu. Et le soir, on invite tout le monde dans notre maison de campagne… Des gens qui comptent vraiment à Pétersbourg. Je ne sais pas si ça va t'intéresser, tu ne connais personne… Le maire doit venir… » Celui-là Choutov le connaît : le « décapité » à qui l'on a écourté sa cravate Gucci…

Un couple s'approche pour saluer Iana. De rapides coups d'œil d'évaluation sur Choutov : qui est-il ? Un Russe ? Mais pas assez bien habillé pour cet endroit. Un étranger ? Mais manquant de cette aisance qu'on sent au contact des Occidentaux. Choutov lit ce jugement dans leurs regards. La gêne qu'il devinait chez Iana lui paraît claire : il est inclassable, difficile à présenter aux amis, mal profilé mondainement. Quand le couple s'en va, il essaye de jouer la décontraction des anciens camarades : « Et cette datcha, vous l'avez construite où ? J'aimerais bien y faire un saut. » Iana hésite comme si elle regrettait d'avoir lancé l'invitation : « C'est une vieille isba. Le terrain est un peu étroit pour nous, trois hectares à peine. Sur le golfe de Finlande… »

Un homme s'arrête devant Iana, se met à lui parler. « La brume dorée sur le golfe de Finlande… », se rappelle Choutov.

L'homme est beau, jeune (moins de quarante ans ou plutôt cet âge lisse et bronzé que ceux qui en ont les moyens savent figer). « Un veau ténébreux », pense Choutov (Léa disait cela et ils riaient ensemble…). Il s'en veut de cette méchanceté. Non, ce beau-là est calibré par les normes américaines de la virilité, les Français parlent dans ce cas-là de héros de séries B… Un costume d'été d'une coupe irréprochable, l'air d'un séducteur indulgent pour la faiblesse de ses victimes. Iana fait entendre une voix que Choutov ne connaît pas : une indifférence enjouée qui dérape sur une note fragile, tendrement désemparée. C'est surtout son visage qui l'exprime, ses yeux qu'elle lève sur l'homme : l'anxiété de celle qui a perdu un être cher au milieu d'une foule. La musique reprend, elle se redresse, se rapproche de l'homme et cette tendresse inquiète est encore plus visible quand on n'entend plus leurs paroles.

« Ça doit être son amant… » La brutalité du constat l'irrite mais il n'a plus envie de se raconter d'histoires. « La brume dorée sur le golfe de Finlande… » C'était idiot d'espérer qu'elle s'en souvienne encore. Il imagine les différentes voix dont Iana use pour parler à ses employés, à son mari, à ce beau ténébreux. Elle mène de front plusieurs vies et l'on voit que cela l'excite. Là, elle se tient devant son amant, bien plus petite que lui, et tout son corps trahit l'attitude de celle qui se donne. Choutov se sent un comédien qui vient de faire une fausse sortie.

L'homme frôle de ses lèvres la joue de Iana, prend congé. Elle se rassied, pose sur Choutov un regard d'aveugle radieuse. Ils boivent le café sans se parler… En l'accompagnant vers sa voiture, Choutov est tenté de lui dire de faire attention, tellement elle semble ailleurs. Mais déjà elle se ressaisit, elle doit « filer à une assemblée d'actionnaires » et elle conseille à Choutov de rentrer à pied, « tu prends l'allée princi-pale et tu tournes à gauche, tu te rappelles ? ». Elle démarre quand il entame une phrase sur la force avec laquelle il se rappelle ces allées sous les feuillages d'automne…

À la sortie du parc, il croise les « danseuses brési-liennes ». Elles sont en train de se changer dans une fourgonnette. Choutov reconnaît celle qui a couru, tout à l'heure, en ouvrant la voie au bouffon. Elle a enlevé son plumage, lavé le mascara, son visage est très jeune et son regard est un peu mélancolique, comme avant. Étrangement, Choutov y voit de la tendresse qui lui serait destinée…

En poussant la porte du nouvel appartement de Iana, il entend la voix de Vlad : « Écoute, c'est très simple. Il nous faut deux filles topless pour la qua-trième de couverture. Et puis tu appelles la rédaction et s'ils refusent de l'insérer dans l'article, on leur retire notre pub et c'est tout… » Choutov, intrigué, va vers cette voix. En passant devant la petite chambre où loge le vieillard, il aperçoit la même couverture verte, une main qui tient un livre.

Chaque titre comporte un prénom féminin : *Tatiana ou la Dompteuse du feu*, *Déborah et l'Alchimiste du plaisir*, *Bella, une femme sans tabous*... Vlad présente à Choutov la nouvelle série lancée par sa maison d'édition. Ils ont piqué le principe à Nabokov, *Ada ou l'Ardeur*, concède-t-il, mais Nabokov lui-même l'avait emprunté aux romans pour femmes... Le jeune homme parle une langue que Choutov n'a jamais entendue en Russie. « Étude du marché », « promotion d'un livre », « doper les ventes »... Pour la nouvelle collection, il a fallu bien définir le « créneau générationnel » qui, heureusement, est assez large : des lectrices de trente à cinquante ans, « pas très intellectuelles » (dans la bouche de Vlad c'est un compliment) et, très minoritaires, des hommes « un peu coincés sur le sexe » qui liront ces livres en cachette.

Devant la mine perplexe de Choutov, Vlad se hâte d'ajouter : « Bon, on a aussi des *brands* plus sérieux ! » et il se met à énumérer des collections de romans historiques, de sagas familiales, de fiction politique… Mais c'est le mot de *brand* qui déroute Choutov. Vlad traduit : « C'est des… comment on dit ça en russe ? Enfin, des… Oui, des marques, des labels. Vous voyez, toutes ces Bella et Tatiana, il faut les sortir à des intervalles rapprochés, c'est comme ça qu'on crée des habitudes de lecture, des addictions, si vous voulez. Le problème c'est que ces bouquins font, chacun, dans les cinq cents pages. Aucun écrivain ne peut suivre le rythme. À moins d'être un stakhanoviste, comme disait mon grand-père. Du coup, ils travaillent à plusieurs sous le même nom, américain de préférence. C'est ça un *brand*… »

Vlad constate que son explication rend Choutov encore plus songeur. Il se courbe, attrape quelques volumes qui traînent sur la moquette. « Vous voyez, c'est du costaud quand même… » Choutov parcourt les titres. *Dans les alcôves du Kremlin. Staline, entre le bon Dieu et le diable. Nicolas II, l'innocence d'un martyr…*

« Vous êtes sûr que c'était vraiment un innocent ? » Choutov pose la question en essayant de sortir de sa torpeur.

« Mais… bien sûr, on vient même de le canoniser !

– Pour avoir mené la Russie à la révolution…

– Ah, non, attendez, la révolution c'était un complot ourdi de l'étranger. Tenez, ce bouquin-là, il est formel là-dessus… »

Sur une couverture rouge sang, des ombres menaçantes. *Les Forces occultes de la Révolution.* Choutov sourit.

« Hou, ça fait peur !

– C'était le but. Et encore vous n'avez pas vu la pub que j'ai composée pour la sortie. C'était un moine russe qui prie devant une icône et autour de lui danse un sabbat de démons…

– Tout cela est un peu loin de la vérité historique. Surtout si votre moine ressemblait à Raspoutine…

– La vérité, les historiens la réécrivent chaque jour. Nous, ce qui nous intéresse c'est de proposer la vérité qui pousse le lecteur à sortir son porte-monnaie. Vous savez quelle est la devise de mon patron ? "Seuls les aveugles ont le droit de ne pas acheter nos livres !" Et c'est presque vrai. Mais pour cela, il faut de l'imagination. Quand on lançait ce bouquin sur Staline, j'ai déniché une femme de ménage qui avait travaillé dans sa datcha sur la mer Noire, vous vous rendez compte ! C'est une grand-mère centenaire à présent et malgré ça j'ai réussi à la faire participer à une émission de télé et le journaliste (enfin, c'est l'un de nos auteurs) a posé des questions de telle sorte qu'on a pu croire qu'elle avait été la maîtresse de Staline. Le lendemain, on était en rupture de stock. C'est ça la vérité historique. Ou bien cette *Bella sans tabous*. Ça parle d'un bordel fréquenté par la pègre moscovite. Eh bien, pour le lancement, à la télévision, on a rassemblé cinq prostituées qui ont confirmé tout ce que l'auteur racontait… »

Vlad s'emballe, Choutov manque de bras pour recevoir des rouleaux d'affiches, des photos en grand format, Nicolas II coiffé de l'auréole d'un saint nouvellement promu, Staline et, en arrière-plan, une silhouette féminine, un gangster qui, du canon de son pistolet, écarte le col d'un chemisier sur des seins très roses, démesurés.

« Toujours ce même carnaval », pense Choutov et, de nouveau, il ressent violemment l'ivresse du changement. Que d'énergie dans ce jeune Vlad ! Et ce cynisme bon enfant. Il vend les livres comme il vendrait des aspirateurs. Toutes ces maisons d'édition se sont créées il y a quelques années seulement ! Et déjà ce savoir-faire à l'américaine…

Soudain, dans la brassée de documents, Choutov aperçoit la vue d'un parc, des sculptures sous des feuillages d'automne. Le jardin d'Été… La photo disparaît sous un éventail de clichés en couleurs : des femmes qui s'enlacent, des hommes qui s'embrassent tendrement…

« C'est notre collection destinée aux minorités sexuelles, commente Vlad, je vous l'ai dit, personne ne doit nous échapper ! » Il rit.

Choutov se souvient des bourreaux du carnaval qui tout à l'heure lui ont coupé la tête : c'est ça, personne ne devait se montrer mélancolique. Le rapprochement est troublant.

« Tu sais, Vlad, autrefois, enfin quand j'étais jeune, on éditait pas mal de poètes. Les tirages n'étaient pas énormes mais il y avait… comment dire ?… oui, une vraie ferveur chez nous qui lisions ces livres imprimés sur un papier souvent très médiocre. La poésie c'était notre Bible à nous…

– Ouais, je vois de quel genre de bouquins vous parlez, les vieux appellent cela, avec un soupir, "la grande littérature". Écoutez, je vais vous dire ce que j'en pense, moi. J'ai rencontré un jour une fille, une Américaine qui a le même job que moi. Et elle s'est mise à me bourrer le crâne : oh, bien sûr, nous éditons de la merde mais c'est pour pouvoir publier de la Vraie Littérature ! Qu'est-ce qu'ils sont faux culs, ces puritains ! Alors j'ai voulu me payer sa tête, j'ai cité Marx : le seul critère de la vérité est le résultat pratique. Et dans l'édition, le résultat c'est le nombre de ventes, n'est-ce pas ? Si des livres de merde se vendent, c'est qu'on en a besoin. Il fallait voir la gueule qu'elle m'a faite ! »

Il rit aux éclats, puis se tournant vers le téléviseur, annonce : « Mais surtout, en publiant vos poètes aux petits tirages, je ne pourrais jamais m'acheter cette bagnole... »

Sur l'écran (le son est coupé), une voiture qui monte vers un lever de soleil : « Pour être à l'heure là où chaque instant compte ! » Le portable de Vlad émet des notes de jazz et la conversation débute dans un anglais argotique que Choutov ne comprend pas. Vlad recouvre le téléphone de sa main et chuchote en lançant un clin d'œil à Choutov : « *I'm joking...* » Oui, à propos de la voiture, il a plaisanté, pense Choutov en se débarrassant des liasses de photos entassées sur ses genoux. Plaisanterie, *choutka* en russe, la même racine que son nom de famille...

Derrière la porte où loge le vieillard muet, on entend le cliquetis d'une cuillère contre une tasse.

Choutov regagne sa chambre d'un pas traînant, rythmé sur les arguments qui se bousculent dans sa tête. L'esprit d'escalier... Il aurait dû dire à Vlad qu'autrefois un recueil de poèmes pouvait changer votre vie, mais un poème pouvait aussi coûter la vie à son auteur. Les strophes avaient le poids des longues peines derrière le cercle polaire où tant de poètes avaient disparu...

Il imagine la réplique narquoise de Vlad : « Et vous trouvez ça bien ? » C'est ça, une question de ce genre, d'une naïveté difficile à parer. Pourquoi le goulag serait-il le critère de la bonne littérature ? Et la souffrance, un gage de l'authenticité ? Mais surtout qui pourrait juger de la valeur des vies, des livres ? En quoi l'existence de Vlad serait-elle moins dotée de sens que celle d'un pauvre bougre qui achetait avec ses derniers kopecks le fascicule d'un poète proscrit, imprimé sur du papier d'emballage ? Aucun livre n'est plus interdit à ces jeunes Russes. Ils parcourent le monde (Vlad vient de rentrer de Boston), ils sont bien nourris, instruits, décomplexés… Pourtant, une chose leur fait défaut…

Choutov tente de ne pas réfléchir en petit vieux aigri. Non, Vlad n'a pas à être jaloux de cette jeunesse soviétique d'il y a trente ans. Elle n'avait rien qui puisse le faire rêver. Rien. Sauf peut-être un recueil de poèmes, des pages grisâtres, des strophes éclairées par la dorure transparente des feuilles dans un parc… « J'aurais dû le dire », pense Choutov et il sait que les mots lui auraient manqué : un spasme vocal qui empêche d'expliquer la richesse de ce passé misérable.

Il ouvre la fenêtre, écoute un fond sonore qui trahit la lassitude d'une fête, l'essoufflement de la gaîté entretenue à coups de spectacles de rue et qui stagne maintenant en flaques de bruit. Dehors, passent des couples, des groupes d'amis. Lui vient une idée farfelue mais tentante. Descendre, se confier : « Je sors d'une léthargie qui a duré vingt ans, je ne comprends rien. Expliquez-moi ! » Il sourit, referme la fenêtre et, avec une précaution craintive, allume un grand téléviseur plat. Le son est puissant – quelques secondes de frayeur pour mater la télécommande. Et ce constat résigné : cette maison est pleine d'objets dont il n'apprendra jamais à bien se servir.

Sur l'écran, un chien de race, long museau hautain et nerveux. Des mains aux ongles vernis posent sur le cou de la bête un collier pailleté. Un chiffre apparaît : 14 500. Quatorze mille cinq cents dollars, précise l'animatrice en détaillant la nature des pierreries qui ornent cet attribut. D'autres modèles défilent : rubis, topazes, diamants… Les chiffres s'allongent en accord avec la rareté des gemmes. La scène suivante fait surgir un chien aux poils ras et dont le corps, sensible au froid, doit bénéficier d'un habillement particulier. Des mantelets de renard, de castor, de zibeline… La même gamme de fourrures pour ses bottillons… L'émission enchaîne sur une espèce plus difficile à domestiquer. Un lynx à qui il faut faire subir une pédicurie si vous tenez à vos tapis et vos meubles. On voit un vétérinaire qui lime les griffes de la bête… Un hippopotame nain dont le bien-être dépend du bon niveau d'humidité, l'installation d'un hygromètre s'impose. Un large choix de suppléments alimentaires qui renforceront la vivacité chromatique de la peau de votre python…

Choutov sent en lui la colère monter mais l'émission est plus subtile qu'il ne le croyait. Ces sujets sur les animaux des nouveaux riches sont agrémentés d'une discussion entre deux journalistes (l'un est pour, l'autre est contre) et des interventions des spectateurs. « Personne ne doit nous échapper ! » se rappelle Choutov. Les spectateurs désargentés fulminent et l'un des journalistes les soutient. Les nantis approuvent et le second journaliste les défend. À la fin, un compromis se dégage : s'il y a des fous pour payer des diamants à leurs clébards qu'ils le fassent, on est en démocratie. Choutov se rend compte qu'il n'était pas loin de le penser et que sa colère n'avait donc pas tellement de sens. La nouvelle richesse permet ces extravagances et il serait naïf d'invoquer on ne sait quel principe moral pour les condamner.

Formidable outil de lobotomisation ! se dit-il en sautant d'une chaîne à l'autre. La pensée est chloroformée, la révolte de l'esprit, matée. Car tous les avis sont présents. Une procession de popes s'engouffre dans une cathédrale : les Grecs ont apporté pour le tricentenaire les reliques de saint André. Et sur le canal voisin, deux jeunes rockeuses lesbiennes expliquent qu'à Londres elles ont dû « alléger » leur show car le public européen est trop pudibond. La variante « non allégée » les montre assises l'une sur l'autre, se frottant le pubis et miaulant dans leur micro… Une vue nocturne, des jeunes au crâne rasé, des saluts nazis… Une série américaine : trois crétins, deux Blancs, un Noir, se disent des insanités entrecoupées de rires préenregistrés… Des chiens encore, mais sans diamants car ils recherchent des explosifs dans le théâtre Kirov qui va accueillir les quarante-cinq chefs d'État invités à la fête. Un match de football. Un petit-neveu anglais de Nicolas II arrive à Saint-Pétersbourg au volant d'une voiture d'époque. Un film érotique – les cris de plaisir en russe font penser au mode d'emploi d'un appareil électroménager. Des invités de marque sous la statue équestre de Pierre le Grand, il pleut, Blair protège son épouse sous un parapluie, Poutine endure, Chirac arrive en courant, retenu à l'Ermitage (explique le commentateur) par son goût des antiquités… Un autre match de football. « Pour être à l'heure là où chaque instant… » Des séquences en noir et blanc : des archives de la Seconde Guerre mondiale, Staline sur une tribune, des colonnes de soldats partant à la défense de Moscou. Une interview de Mme Poutine : « Les femmes doivent préférer un couturier personnel, cela leur évitera de croiser dans une soirée une invitée vêtue de la même robe de chez Yves Saint Laurent… » Le reportage fait au jardin d'Été où se promènent des courtisans du dix-huitième siècle, perruques, crinolines, faces-à-main…

Choutov se lève, il vient de reconnaître le tournant d'une allée, une statue… Rien n'a changé depuis trente ans. Et tout a changé. Le sens de la métamorphose lui paraît évident. La Russie tente de gommer les décennies qui l'avaient séparée de son destin : plusieurs livres chez Vlad parlaient de cette destinée russe interrompue par la funeste parenthèse soviétique. Oui, un beau fleuve pollué par la boue de massacres, d'esclavage intellectuel, de peurs. « En fait, Vlad est plus proche de ces crinolines que du fantôme de l'URSS. Ce jeune homme s'entendrait mieux avec le petit-neveu anglais de Nicolas II qu'avec un dinosaure soviétique de mon espèce… » Choutov sourit mais l'intuition est pénible : par-dessus sa tête, l'Histoire restaure son cours, se clarifie… Et lui reste envasé dans les temps maudits que tout le monde voudrait oublier.

« J'ai eu tort de venir… », se dit-il. Mais est-il vraiment arrivé quelque part ? Un voyage entre les combles d'un immeuble parisien où il se sentait si peu chez lui et cet appartement de luxe où il est plus étranger encore. « Je suis venu pour revoir Iana… » Il jette un coup d'œil sur l'horloge du téléviseur. Dix heures et demie du soir. Au restaurant, Iana avait promis de passer le prendre vers huit heures…

Il descend dans la rue, dans la luminescence pâle des nuits nordiques et se met à marcher d'un pas décidé, avec le sentiment de jouer son va-tout.

L'Ermitage est ouvert la nuit, on l'a annoncé à la télévision. Il y va, plonge avec plaisir dans la foule qui se presse à l'entrée, rit de la plaisanterie que plusieurs voix répètent : « C'est l'assaut du palais d'Hiver ! » Le souvenir du carnaval lui revient, la chaleur tribale, l'espoir de renouer avec le monde sur lequel il a vingt ans de retard. Devant une toile, il va croiser un regard, engager une conversation...

Dès les premiers pas, à l'intérieur, il se fige, interdit. L'ambiance fait penser à un hall de gare. Les gens sont assis sur le parquet, le dos contre le mur, certains dorment. D'autres, installés sur les appuis des fenêtres, scrutent le ciel : on a promis un spectacle son et lumière au-dessus de la Neva. Deux adolescents allongés derrière un gigantesque vase en malachite s'embrassent paresseusement. Un touriste en short parle très fort en allemand à sa compagne qui porte la même marque de short (mais trois fois plus large) et opine en mordant dans un gros sandwich. Un groupe d'Asiatiques passe et avec une synchronie très disciplinée filme tous les tableaux de la salle. Un mari explique à sa femme : « Le métro rouvre à cinq heures, il vaut mieux passer la nuit ici. » Et tels des spectres, surgissent des dames en crinoline et des hussards moustachus, copies des anciens habitués du palais. Mais la foule est trop fatiguée pour leur prêter attention.

Choutov avance, observe et ses pensées sur la Russie qui retrouve le chemin magistral de son destin lui semblent trop hâtives. Non, il y a aussi ce mélange de genres, la disparition d'un mode de vie et à peine les premiers balbutiements d'une nouvelle façon d'être… Près d'une vitrine, une petite fille s'amuse des objets exposés. Il tend l'oreille et comprend que les gloussements de l'enfant sont des pleurs presque muets. Elle a perdu ses parents « dans une salle où il y avait un grand pot ». Il veut alerter une gardienne puis devine que le « grand pot » doit être ce vase en malachite. Ils s'y dirigent et l'enfant reconnaît ses parents : ces deux jeunes enlacés que Choutov a pris pour des adolescents amoureux… Au moment de quitter l'enfant, il croit surprendre dans son regard l'incompréhension pénible qu'il ressent lui-même.

Il sort du musée et se laisse aspirer par la cohue. Des milliers de personnes, en éponge de plus en plus comprimée, attendent que le ciel s'enflamme sous les projecteurs d'un artiste japonais. Les nouveaux arrivants augmentent la pression, les plus habiles grimpent sur les arbres. « Trois millions de dollars, ça va nous coûter ! » déclare une voix et un chœur reprend le montant des honoraires de l'artiste. La nuit est trop pâle pour que naissent des fantaisies lumineuses. Les nuages s'éclairent mais le souffle de la Neva les déchire aussitôt. Les gens râlent avec lassitude contre le Japonais et se mettent à se disperser.

De l'adhésion exaltante du carnaval, il reste ce serrement indifférent de la foule qui se porte d'un endroit à l'autre, à la recherche des dernières flammèches de la fête. Sur la place du Palais, Choutov écoute le concert d'un ancien chanteur contestataire. Un répertoire connu : camps, prisons, sang. La masse humaine rit, bâille puis s'ébranle et se déverse dans la Nevski. Là, elle se morcelle, Choutov est entraîné par un pan qui rebrousse chemin. Il ne remarque pas à quel moment ce qu'il voit glisse vers une fantasmagorie. Peut-être quand la surface d'un canal laisse apparaître un batracien : des hommes-grenouilles vérifient l'endroit où demain doit passer le cortège des maîtres du monde. Ou bien quand une odeur d'urine qui envahit les rues devient insupportable. « Des toilettes de soie pour des courtisanes mais pas de toilettes pour le peuple ! » plaisante un homme âgé. Sur le quai des Anglais, la foule est déviée par un barrage de police : un paquebot est arrimé là, l'hôtel flottant pour les présidents des républiques ex-soviétiques. « Neuf suites à six mille dollars la nuit, j'ai lu ça dans un journal ! » rapporte, bizarrement joyeuse, une femme que son compagnon serre contre lui. « C'est minable, rétorque-t-il. Un an de ton salaire. Bush, lui, occupe tout l'hôtel Astoria… »

La pluie se renforce, dissout la foule en coulées plus minces. L'une d'elles rejette Choutov aux abords du Champ-de-Mars. Il traverse l'esplanade où traînent des groupes de jeunes. Ils boivent puis lancent des bouteilles vides, se bagarrent, sautent par-dessus la flamme du monument aux morts. L'un d'eux se déboutonne pour uriner dans ce feu, Choutov tente de le rabrouer mais sa voix s'efface au milieu des cris. Cela le sauve, car ceux qui l'ont entendu vont déjà vers lui, il entend des jurons presque débonnaires dans leur mépris : « Hé, vieux, tes couilles, tu les préfères grillées ou rôties ? » Il s'en va d'un pas qu'il essaye de freiner pour ne pas trahir cette peur humiliante qui lui fige le dos.

Non, ce qui le sauve c'est l'accord final de sa fantasmagorie nocturne : on commence à lever les ponts sur la Neva et il est obligé de courir, de faire de longs détours pour déjouer le piège des îles désunies.

Dans l'ascenseur, à la vue de son visage défait, Choutov conclut avec une gravité philosophique : « Je pense que maintenant j'ai tout compris. » Il ne sait pas à qui il veut le faire croire mais ce mensonge lui permet de retenir ses larmes.

Vlad l'accueille avec une bienveillance appuyée. « J'ai préparé des choses pour votre dîner, il y a de l'esturgeon fumé, à moins que… Le vin est là mais, en ce domaine, vous devez être difficile comme tous les Français… Maman a appelé, elle n'a pas pu malheureusement se libérer… Il y a aussi du crabe de l'Extrême-Orient… Alors, ce Pétersbourg *by night* ? »

Cette chaleur amicale émeut Choutov. Un homme traqué peut ressentir l'attendrissement qui l'étreint. Pourquoi ne pas tout avouer ? Ce voyage raté, ces retrouvailles manquées avec Iana… S'attablant dans la cuisine (lieu de longues veillées pour les Russes de sa génération, des communions d'idées, spirituelles et spiritueuses), il se met à parler : les crinolines au jardin d'Été, la ville d'autrefois si peu festive et pourtant…

Il constate rapidement que le jeune homme ne l'écoute pas. Vlad reste debout, jette des regards discrets sur sa montre, enfin, n'y tenant plus, propose : « Si vous voulez, on en parlera demain, on aura tout notre temps… C'est que… j'avais un service à vous demander… Vous voyez, je travaille chez moi depuis quatre jours et ce n'est pas facile… » Choutov imagine qu'il s'agit d'un conseil lié au métier de Vlad, un avis sur un auteur, sur une traduction… Il a même le temps de se sentir important, doté d'une grande expérience littéraire… Et c'est là que la demande se précise :

« En vérité, si je bosse ici, c'est à cause du vieux. Maman a très peur que juste avant le déménagement, il lui arrive quelque chose… » Vlad baisse la voix : « Ce n'est même pas qu'il puisse clamser. Ça, c'est gérable, on appelle un médecin, il fait un constat et *see you later* ! Non, ce qui serait plus grave c'est… Mais oui, il est muet, on ne sait pas ce qu'il y a dans sa tête. Imaginez s'il se tranchait la gorge, il a les deux mains valides, il pourrait. On nous accuserait de mauvais traitements et de je ne sais quoi encore. Surtout que mon beau-père a une situation très en vue ! Maman est inquiète. Je l'aide comme je peux, sauf que… Depuis mon retour des States, je n'ai pas revu ma… *girlfriend*. Bon, elle est venue ce matin pour essayer les vêtements que je lui ai rapportés mais avec tout ce monde qui s'agite par ici, ce n'est pas très intime… »

Choutov aussi fait partie de « tout ce monde », Vlad se hâte de préciser : « On ne va pas quand même s'embrasser sous le nez d'un grand-père ! Non, mais en pleine fête, je me retrouve à garder ce vieux croulant ! Le carnaval, je le vois à la télé, pire qu'un taulard. Et là, ma copine m'a appelé, elle dit carrément : tu choisis, moi ou ce moribond ! Bon, les femmes exagèrent toujours… Voilà où j'en suis. Donc, je pensais vous demander un très gros service. Si vous pouviez rester avec le vieux jusqu'au matin… Promis, juré, à six heures et demie je vous relève et à huit heures les infirmiers l'embarquent… Vraiment ? Ça ne vous pose pas de problème ? »

Choutov le rassure, évoque le décalage horaire (« À Paris, je me couche à deux heures du matin, c'est-à-dire quatre heures d'ici… »). Vlad ânonne des remerciements, donne quelques instructions : « Il a déjà eu sa ration de bouffe, ça y est. Maintenant si vous voyez que son pot est plein… mais il n'urine pas beaucoup. Écoutez, vous faites de moi votre obligé à vie ! La prochaine fois, quand vous reviendrez à Pétersbourg, surtout n'hésitez pas… »

La porte claque et, venant du palier, la voix du jeune homme crie, dans un portable, la bonne nouvelle à son amie.

Le téléviseur, en face du bureau de Vlad, transmet un opéra (les yeux des quarante-cinq chefs d'État fixés sur le front de Pavarotti perlant de sueur). La porte entrouverte de la chambre laisse voir une couverture verte, une main qui tient un livre. Parfois, on entend le froissement d'une page.

Choutov rit d'abord en brefs pouffements, puis se rappelant que le vieillard est sans doute aussi sourd que muet, ne se retient plus, la poitrine secouée par un accès d'hilarité. La belle élégie des retrouvailles vire au burlesque. Venu en pèlerin nostalgique, le voilà au milieu d'une modernité en délire, mélange de tentations américaines et de guignols russes. Il a cherché à comprendre ce nouveau pays et on le rejette parmi les vieilleries soviétiques, à côté d'un sourd-muet grabataire dont il va vider le pot de chambre.

Il rit, conscient que c'est son unique chance de ne pas sombrer dans le pathos du paradis perdu. Son enfance à l'orphelinat, un paradis ? Ou peut-être sa jeunesse de misère ? Ou bien l'histoire de ce pays, écrite entre deux rangées de barbelés ? Non, non, rions-en de peur d'en pleurer ! Et les raisons de s'esclaffer ne manquent pas. Sur l'écran, la ventripotence tonitruante de Pavarotti que la caméra abandonne pour cibler un tout autre chanteur : Berlusconi qui, les yeux mi-clos, chante aussi, sous les coups d'œil amusés de Poutine. Choutov change de chaîne. Un reportage sur le défilé d'anciens tramways : pendant le siège de Leningrad par les nazis, ces voitures transportaient les cadavres des habitants morts de faim. Choutov zappe : un film indien, une femme se pâme, un homme écrase son ennemi sous une belle moto. CNN : la Bourse monte, un général parle du rétablissement de la paix. L'équivalent russe de la CNN et la merveille de ces informations en boucle : de nouveau Mme Poutine invite les femmes à choisir un couturier personnel, de nouveau les Grecs présentent les reliques de saint André et les deux rockeuses se plaignent du public britannique trop pudibond… Et quand, passant sur un autre canal, Choutov tombe sur un film érotique, la disposition des corps donne l'illusion qu'ils n'ont pas interrompu, depuis des heures, leur accouplement. La publicité de la viande en conserve pour chats. Un motard se hâte de laver ses cheveux « ternes et fatigués » au shampooing nourrissant. Une voiture s'élance vers le soleil : « Pour être à l'heure là où chaque instant compte ! » Un bourreau coupe la cravate du maire de Saint-Pétersbourg. Dans un salon de séries américaines, un jeune Noir obèse fait rire deux jeunes Blancs, débiles légers. Dans un pays balte, un défilé d'anciens SS. Une publicité pour une crème de rasage…

Choutov mange devant le téléviseur (le vin est bon, même pour un « Français ») et se sent presque heureux. Détendu en tout cas grâce à l'absurde qui se déverse de l'écran. Le secret qu'il cherchait à percer est simple : la Russie vient de se joindre au jeu de rôles planétaire, à ses singeries, à ses codes. Et la fête du tricentenaire ne fait qu'exacerber cet élan vers le grand show du monde : les quarante-cinq chefs d'État gavés de notre caviar, abreuvés de notre vodka, assommés de notre Tchaïkovski. La richesse d'un Bill Gates ? Admirez plutôt nos milliardaires à nous, devenus tels en quelques années !

Sur l'écran surgissent les deux journalistes qui, tout à l'heure, commentaient les lubies animalières des nouveaux riches. Maintenant, ils parlent des vacances que s'offrent ces magnats : un bateau de plaisance (cent neuf mètres de long), un hélicoptère et un petit sous-marin à bord, une piscine revêtue de plaques d'or, et durant les « partys » entre amis, on la remplit de champagne, les journalistes divergent sur la marque et les millésimes… Un seul clic et l'on voit un ancien tramway qui traversait la ville affamée, pendant la guerre.

Le rire de Choutov se calme dans un soupir de soulagement. Il n'y a pas à se casser la tête, il faut juste accepter le carnaval du monde où les Russes ont désormais leur place. Tous en piste ! Le manège tourne et seuls les Mohicans de son espèce se soucient encore du siècle révolu. Les nostalgiques qui rêvent d'une soirée de brume sur la Baltique tandis que l'emballement du manège planétaire les envoie mordre la poussière, dans les orties, loin du carnaval.

De la chambre du vieillard parvient un toussotement sourd, puis le froissement d'une page. Choutov jette un coup d'œil par l'entrebâillement de la porte, se souvient du pot de chambre, peut-être est-ce déjà temps ? Aller lui dire bonne nuit ? Passer un moment à ses côtés ? Cette présence humaine, à la fois muette et pleine d'un sens grave, le met mal à l'aise.

« C'est que nous sommes de la même époque… » L'idée est déplaisante, Choutov essaye de la nuancer. Non, plutôt ce vieillard est, à lui seul, toute une époque. D'après ce que Iana a raconté, il est facile d'imaginer la vie dont l'ombre se recroqueville sous la couverture verte. Jeune, l'homme chantait dans l'un de ces chœurs qui venaient au front soutenir les soldats. Des tranchées dans une plaine balayée par la neige, une estrade bricolée avec des caisses d'artillerie, ces chanteurs qui dissimulent les frissons, rient, enchaînent des morceaux de bravoure. Après… Que pouvait-il devenir ? Mais comme tout le monde : Leningrad assiégée, les hommes valides se sont retrouvés dans ces plaines glacées. Puis, les années d'une lente progression vers Berlin, c'est là, si l'on croit Iana, qu'il a terminé sa guerre. Après ? Reconstruction du pays, mariage, enfants, travail, routine, vieillesse… Une vie banale. Extraordinaire aussi. Ce même homme, jeune, dans une ville dont Hitler voulait faire un vaste désert. Deux ans et demi de siège, plus d'un million de victimes, c'est-à-dire la disparition, chaque jour, d'une petite ville. Des hivers très rudes, la mort à l'affût dans les labyrinthes noirs des rues, une mégapole de glace sans pain, sans feu, sans transports. Des appartements peuplés de cadavres. Des bombardements incessants. Et les théâtres qui continuent à monter des spectacles, des gens qui y viennent après quatorze heures de travail dans des usines d'armement… Autrefois, on apprenait à l'école l'histoire de cette ville exsangue qui était restée debout.

Dans sa chambre, le vieil homme tousse, puis on entend le frottement d'une tasse qu'il repose sur sa table de nuit. Que penser de sa vie ? Choutov n'arrive pas à faire taire en lui des voix discordantes. Une vie héroïque ? Oui, mais aussi très bêtement sacrifiée. Et belle sans doute par son abnégation. Et absurde car le pays pour lequel il a combattu n'est plus là. Ce vieux va se retrouver demain dans un quelconque mouroir de province en compagnie des invalides esseulés, entourés d'infirmières qui voleront tout ce qui peut l'être dans cet hospice. Quelle fin glorieuse !

Nouveau froissement de pages. Choutov éprouve un picotement de colère. Dans sa jeunesse, il a trop vu cette résignation russe devant le destin. Oui, demain le vieillard sera jeté dehors mais cela ne l'empêche pas de s'accrocher à sa tasse remplie d'un thé froid, à son bouquin aux pages jaunies. On lui avait promis le paradis sur terre, on avait saccagé les meilleures années de sa vie, on l'avait fait vivre dans cette piaule bondée comme un train de banlieue. Il n'a pas bronché. Il a juste perdu l'usage de ses jambes et de sa langue. Pour ne pas être tenté de protester, sans doute. On lui paye une retraite égale au pourboire que les amis de Iana laissent au serveur dans une boîte de nuit. Il ne rouspète même pas. Il lit. Ne réclame rien, ne se plaint pas, ne condamne pas cette vie nouvelle qui va fleurir sur ses ossements. Oui, celle que Choutov voit à la télévision : des comédiens peints en or se trémoussent devant les quarante-cinq chefs d'État qui s'en vont manger dans la salle du Trône… D'ailleurs connaît-il cette vie ? Peut-être en la voyant, il pousserait un de ces longs hurlements dont sont capables les muets, mélange d'indignation et de douleur ? Oui, il faut qu'il voie ça !

Choutov agit sans se laisser le temps de réfléchir. Débranche le téléviseur, le pousse vers la chambre du vieillard, ouvre la porte d'un coup d'épaule, place l'appareil au bas du lit, le rebranche. Et s'installe un peu en retrait, ainsi il pourra suivre les réactions de cet étrange spectateur.

L'homme ne semble pas être surpris outre mesure. Il enlève ses lunettes et jette sur Choutov un regard d'une sévérité calme qui s'adoucit, devenant indifférence. Sa grande main recouvre le livre qu'il vient de refermer. Ses yeux fixent l'écran sans animosité mais sans curiosité, non plus.

Choutov commence à zapper. Le visage du vieillard paraît aussi neutre qu'au début. Le petit-neveu anglais de Nicolas II arrive à Saint-Pétersbourg, les prêtres grecs promènent leurs reliques, deux rockeuses lesbiennes se plaignent des Anglais trop prudes, Berlusconi chante en duo avec Pavarotti, un oligarque russe s'achète seize chalets dans les Alpes… Aucune expression particulière n'apparaît sur ce vieux visage, aux orbites profondes, au nez droit, massif. « Il doit être sourd… », se dit Choutov mais les yeux fixés sur l'écran sont ceux de quelqu'un qui entend et comprend.

La folie surréaliste des sujets devrait faire grimacer ce vieux masque tourné vers le téléviseur. Là, ce beau lévrier, tout en courbes de race, à qui son maître, pour amuser ses invités, laisse goûter une assiette de caviar. Non, les traits du masque sont impassibles. Pour éloigner les nuages durant la fête, la mairie a dépensé un million de dollars… Le masque reste figé. Le chancelier Schröder, au bras de Poutine, inaugure le Salon d'ambre au palais de Peterhof, la ville jadis rasée par les nazis. Choutov épie pour voir si le masque manifestera une aigreur, un reste de rancune. Rien. « Les femmes, dit Mme Poutine, doivent s'habiller chez un couturier personnel. » Un vieux tramway qui pendant le blocus de Leningrad transportait les morts… Le regard du vieillard s'aiguise comme s'il voyait au-delà de ce que peuvent discerner les spectateurs d'aujourd'hui.

Des séquences du carnaval. Un film érotique. CNN : Bush descend d'un hélicoptère. Une émission consacrée au tricentenaire, un survivant du blocus rappelle la ration quotidienne : cent vingt-cinq grammes de pain. Un pope explique qu'au pire moment du siège une procession a fait trois fois le tour de la ville en portant l'icône de la Vierge de Kazan et Leningrad n'est pas tombée…

Un léger pli de dureté s'est ajouté au masque. Choutov semble entrer en communication avec le muet.

Un match de football. Le paquebot *Silver Whisper*, neuf suites présidentielles. Deux rockeuses, assises l'une sur l'autre. Au théâtre Mariinski, la soprano Renée Fleming chante Tatiana d'*Eugène Onéguine*…

Le masque frémit et tout de suite se referme, s'éloigne dans sa solitude. Le show reprend. Les dames en crinoline traversent les salles de l'Ermitage. Un feu d'artifice à Peterhof. Poutine serre la main de Paul McCartney (le chanteur s'est produit sur la place Rouge) : « Vos chansons, Paul, ont toujours été pour nous une gorgée de liberté… »

L'absurde atteint ses limites, pense Choutov. Il retombe sur l'émission qui raconte la vie des nouveaux riches et ne prend plus la peine de changer de chaîne. Les deux journalistes visitent une maison témoin dans un hameau en construction, à proximité de Saint-Pétersbourg. « Haute sécurité », « haut standing », « matériaux haut de gamme »… Le langage trahit cette comique escalade sociale, plus haut, encore plus haut, vers la meilleure place au soleil.

Choutov commence à somnoler. Ce paradis fermé aux simples mortels provoque moins de révolte que les chiens léchant du caviar. Des villas bourrées d'électronique, mais après tout, les riches doivent aussi vivre quelque part. Chaque demeure portera un nom, il y aura un « Excelsior », un « Capitole »… Les deux journalistes sortent du « Buckingham » et entreprennent de décrire les beautés des jardins à l'anglaise… « Et dans les serres, vous allez récolter ananas et goyaves… »

« C'est exactement à cet endroit qu'on s'est battus à mort. Pour la mère patrie, comme on disait à l'époque… »

Choutov sursaute, la phrase est trop insolite pour sortir de la bouche d'un des journalistes. D'ailleurs ils continuent à vanter les mérites des jardins. Il regarde le vieillard. Le même masque, les mêmes yeux calmes. Soudain, ses lèvres bougent : « Oui, là, cette rivière, la Loukhta, il fallait la traverser sous les balles… »

Choutov reste coi, répétant mentalement ce qu'il vient d'entendre : « … on s'est battus pour la mère patrie ». Les mots ont résonné sans emphase, avec même un flottement d'ironie qui tenait compte de la naïveté de cette expression consacrée. Mais les dernières paroles, celles qu'il a vues se former sur les lèvres du vieillard, étaient neutres, le nom d'une rivière, un fait topographique. Choutov s'éclaircit la voix et parle comme si c'était lui qui recouvrait le langage :

« Excusez-moi… Je… je pensais… En fait, on m'a dit que vous ne… » Le vieillard tourne la tête, change de position pour voir Choutov. « Oui, on m'a dit que vous étiez… muet, que vous aviez perdu… euh… l'usage de la parole… »

Le vieil homme sourit.

« Vous voyez bien que non.

— Mais alors pourquoi… vous ne parliez à personne ?

— Parler de quoi ?

— Je ne sais pas… De la vie… Oui, de cette nouvelle vie. De ça aussi ! »

Sur l'écran, on voit un chenil attenant à la villa témoin, le journaliste explique le système d'air conditionné, un grand lévrier blanc se frotte contre sa jambe.

« Et qu'y aurait-il à dire là-dessus ? Désormais tout est clair. »

Il se tait et Choutov est frappé par une crainte irréfléchie : et si le vieillard sombrait dans un mutisme définitif ! L'émission montre des ouvriers qui font tomber un arbre : la plainte aiguë du tronc scié, le fracas des branches.

« Oui, c'est là que nous nous sommes battus. Sans le secours des icônes d'ailleurs… Faisons connaissance. Volski, Guéorgui Lvovitch. »

III

Le 21 juin, au café Le Nord, très prisé par les Léningradois, Volski vécut, sans le savoir, les dernières heures de son ancienne vie, le dernier jour de paix. Un moment doux qui se condensa dans le goût d'une tasse de chocolat.

Une jeune brune s'était jointe à ce groupe d'amis qui, comme lui, suivaient les cours du Conservatoire. Elle mangeait un gâteau, un peu de crème resta sur ses lèvres, une moustache qui fit rire tout le monde… Volski lui parla, leur conversation se détacha du brouhaha de la salle. Il habitait le même quartier qu'elle et ce fut un plaisir très vif d'annoncer : « Le monde est petit et pourtant on ne s'est jamais croisés… » Grâce à ces mots simples, il comprit, avec une intensité nouvelle, ce qu'il était devenu. De provincial sans le sou, il s'était transformé en jeune chanteur parlant d'égal à égal à une Léningradoise de bonne famille. Ils se promirent de se revoir et cette esquisse d'une rencontre traça une journée lumineuse et proche.

C'est alors que la saveur du chocolat exprima le sens du destin dont il rêvait. Fils de paysan, il avait réussi à faire reconnaître son talent, non sans quelques grincements de dents, à se faire accepter, n'ayant pour arme que sa voix. Son avenir ressemblait à une ouverture d'opéra, il s'imaginait souvent au théâtre Kirov, dans *Rigoletto* ou *Boris Godounov*.

De son enfance, il gardait la vision des mains, celles de son père et de sa mère, des paumes ridées où s'incrustait la terre. Son installation à Leningrad l'avait arraché à la gravitation de ses origines, libérant ses pas de la boue des chemins, le laissant courir, fuir… Il allait vivre dans l'apesanteur du chant, pensait-il. Comme d'autres vivaient de la pesanteur âpre des labours. Il poussait la fatuité à justifier cette distribution, à se déclarer gagnant. Ce vainqueur allait entrer en connivence avec la ville la plus orgueilleuse de la Russie, se faire acclamer par de belles femmes dont les yeux brilleraient dans l'obscurité des loges théâtrales.

De telles pensées se mêlaient, ce soir-là, à la transparence d'un couchant tardif, aux rires de ses amis dans la grande salle du café, au goût du chocolat qu'il buvait à petites gorgées.

Le lendemain, le haut-parleur accroché sur un poteau, en face du Nord, annoncerait le début de la guerre. Comme des milliers d'autres haut-parleurs, de la mer Noire au Pacifique.

En septembre, dans cette même rue, il vit un immeuble dont la façade venait d'être arrachée par des bombes. L'intérieur des appartements, presque intact, surprenait plus que les maisons détruites, déjà nombreuses dans la ville assiégée. Au fond d'une pièce au premier étage, dans un fauteuil, Volski distingua un corps, la fixité d'un visage… Il se hâta de se rappeler la soirée du 21 juin, le goût du chocolat.

Ce souvenir revint un matin d'octobre : une femme glissa sur la rive gelée de la Neva et il se précipita pour lui porter secours, attrapa le seau qu'elle essayait de remplir. Dans les logements, l'eau était coupée depuis des semaines mais c'est là qu'il prit conscience de l'étrangeté de la situation. Une métropole moderne et ces gens qui puisent dans le fleuve et boivent ce liquide trouble. Une tasse de chocolat chaud, se souvint-il de nouveau.

Il y pensa aussi le soir où, dans l'entrée de son immeuble, il entendit une voix d'enfant, une plainte semblable à un geignement d'ivrogne. Il montait l'escalier à tâtons, habitué à vivre sans électricité, et le gémissement se rapprochait, s'articulant en mots, puis cessa d'un coup. Il craqua une allumette (un trésor inestimable) et vit, à ses pieds, une tête de vieillard sur un mince corps de garçonnet. La flamme s'éteignit, il appela à la porte d'un appartement. Un froissement se fit entendre, aucune voix. « Attends, dit-il à l'enfant invisible dans l'obscurité, je reviens, je te donnerai à manger… » Il apporta ce dont on se nourrissait dans la ville assiégée : ce quignon de pain composé à moitié de paille. Une lame de parquet, allumée en guise de torche, lui éclairait le chemin. L'enfant n'était plus là. La porte d'un appartement restait ouverte. Volski cria, en y passant sa tête, mais n'eut pas le courage de s'aventurer dans les cavernes froides des pièces…

Remonté chez lui, il avala le pain comme si quelqu'un avait voulu le lui arracher. Puis resta un long moment dans le noir à imaginer l'enfant dans un dédale de pièces où l'on pouvait désormais tomber sur un cadavre. Il comprit alors que ce n'était pas la faim qui le poussait à revenir vers la soirée du 21 juin et sa tasse de chocolat. Non, c'était l'angoisse de voir que l'agonie de la ville devenait une vie ordinaire. Et que rapidement il basculait dans ce mode d'existence où l'on s'endormait sans se soucier d'un enfant affamé qui mourait dans un appartement voisin…

Il souffla rageusement sur la braise au fond d'un bassinet transformé en poêle, y jeta quelques lattes arrachées au parquet. Ferma les yeux. Le flot de la tiédeur avait le goût d'une soirée d'été… Le café Le Nord, les rires de ses amis, rassemblés là après une répétition. L'un d'eux s'amuse à vocaliser tout ce qu'ils disent, à la manière d'un air d'opéra. Une jeune fille se fait une moustache en mordant dans un gâteau, rougit et Volski, remarquant qu'elle est belle, rougit lui aussi. Au milieu des rires, il apprend son prénom : Mila.

Il s'éveilla en entendant la note aiguë d'une corde. Le son venait du couloir de l'appartement communautaire, de la pièce occupée par un vieux couple. Ces voisins ne se levaient plus et quand ils avaient besoin d'aide, l'un d'eux grattait les cordes d'un vieux violon… Il saisit le bidon d'eau qui chauffait sur le poêle, les sons le guidèrent dans l'obscurité. Il se disait qu'il fallait retrouver l'enfant et l'emmener chez les vieux, plus près de cette sonorité qui pouvait sauver.

Le lendemain matin, en consultant le thermomètre derrière la vitre (moins vingt-sept), il retrouva en lui un écho de bonheur : une patinoire, des silhouettes rapides, un haut-parleur déversant des valses et des tangos... À présent, l'abaissement de ce capillaire rouge ne signifiait qu'une chose : la fixité progressive des corps.

Cette matinée marqua l'histoire de la ville assiégée. La ration de pain fut réduite à cent vingt-cinq grammes par personne. Une semaine auparavant, les entrepôts de réserves alimentaires avaient été bombardés et, dans l'incendie, avaient brûlé les vivres qui auraient pu nourrir les deux millions d'habitants pendant un mois. Le mot de « blocus » avait alors résonné comme un arrêt de mort : le garrot de l'encerclement, aucun lien avec l'extérieur, aucun espoir de survie. Une tranche de pain par jour, l'épuisement, l'immobilité, le néant. Ceux qui pouvaient capter les radios occidentales apprirent la décision de Hitler : la ville, bientôt occupée, ne serait pas vidée de ses habitants, ils resteraient sur place, coupés du monde, sans nourriture, sans eau, sans soins médicaux et, à la fin de l'hiver, l'armée du Reich procéderait aux « travaux d'entretien sanitaire », c'est-à-dire à la destruction de deux millions de cadavres. Les Léningradois se disaient que ce projet était en train de se réaliser.

Volski mangea sa ration de pain entre deux raids de bombardiers. Avec trois autres jeunes, il venait de parcourir les toits de plusieurs maisons où ils ramassaient des bombes incendiaires et les neutralisaient à l'aide d'énormes pinces d'acier. Le silence revint, il s'assit derrière une lucarne à l'abri du vent, sortit son pain, mastiqua longuement, rusant avec la faim. Son regard reconnut le tracé des principales avenues, la flèche de la cathédrale Pierre-et-Paul et celle de l'Amirauté. Sur le promontoire de l'île Vassilievski, en face du palais d'Hiver, les batteries de la DCA pointaient dans le ciel leurs longs canons. Certains monuments étaient dissimulés sous un coffrage de planches qui les protégeait des obus. La Neva s'étendait en une large plaine enneigée. La journée était limpide, bleue, plus belle que jamais grâce à l'absence de transports et de foules. Un magnifique linceul, pensa Volski. Oui, un infini cimetière de maisons où, jour après jour, des milliers de cœurs s'arrêtaient de battre. Il n'y avait pas d'autre vie possible.

L'avenir dont il rêvait défila dans sa pensée, tel un jeu théâtral en accéléré : papillotement de lumières, airs d'opéra chantonnés sur un rythme de refrains de variétés, applaudissements frénétiques… Tout cela était encore incroyablement proche. Et déjà vain, dérisoire.

Il alla rejoindre ses camarades qui marchaient sur le toit. Mouvements économes, gestes assoupis. On aurait cru que cette lenteur était due à la peur de déraper. Non, c'est ainsi qu'avançaient les gens se nourrissant de cent vingt-cinq grammes de pain. Ils progressaient quand même à travers le froid, à travers les jours qui tous annonçaient la fin. À travers cette seule vie qui leur restait et qui ressemblait trop à la mort… Un à un, ils descendirent dans les combles puis, par une échelle de fer, au dernier étage de l'immeuble. Sur le pas de la porte d'un appartement, se tenait une femme avec un enfant dans ses bras. Elle les salua d'un sourire sans force... Volski fut étonné par la simplicité des choix qu'imposait la guerre : s'ils n'avaient pas réussi à éteindre l'incendie, cette mère et son enfant n'auraient pas survécu... Leur survie ne durerait peut-être pas, menacée par de nouvelles bombes, par la faim, par la chute du capillaire rouge du thermomètre. Mais ce sursis valait la peine de risquer sa vie. Oui, pour le sourire exsangue de la femme, pour la respiration calme de son enfant, il fallait oublier le jeune homme qui, un soir de juin, buvait son chocolat et se sentait orgueilleusement vainqueur.

Depuis le début du blocus, il n'avait jamais pensé qu'une vie sauvée au prix de sa propre vie pouvait devenir son destin.

Un matin de novembre, cette intimité entre la vie et la mort imprégna jusqu'à son souffle. Pendant les deux jours précédents, il n'avait plus eu la force de quitter l'appartement. À la première tentative d'aller chercher ses cent vingt-cinq grammes de pain, il était tombé dans l'escalier, avait passé un moment sans revenir à lui, puis avait mis une heure pour remonter vers sa chambre où, grâce au feu, son corps ne se confondait pas avec l'inanimé qui régnait dans les rues.

Il commença à explorer la toute dernière zone d'avant le néant. La faim, il l'avait toujours imaginée comme une torture éviscérante, inapaisable.

Elle l'était tant qu'on avait la vigueur de la ressentir. Puis le supplice prenait fin, faute de supplicié, devenu une ombre pour qui une gorgée d'eau représentait déjà un pénible effort de digestion. Le froid, aussi, faisait souffrir ceux qui s'accrochaient à la vie mais endormait la douleur de ceux qui, prostrés, attendaient la fin. D'ailleurs, l'affaiblissement semblait extérieur au corps. C'est le monde qui changeait, rendant les objets trop lourds (ce bidon où chauffait l'eau pesait maintenant une tonne), allongeant les distances (trois jours auparavant, il avait réussi à atteindre la boulangerie : une vraie expédition polaire).

Sa pensée restait claire malgré la défaite physique. Il concevait la possibilité de n'être plus en vie le lendemain, l'étrangeté d'aborder cette idée avec un tel calme, et même la coquetterie qu'aurait été la vision de sa mort s'il n'avait pas vraiment été en train de mourir.

Oui, son cerveau fonctionnait sans défaillance. Et pourtant c'est autre chose que la pensée qui, un soir, lui ordonna de s'arracher à la torpeur et d'entamer une traversée de l'appartement empli d'une nuit glaciale. À l'autre bout des ténèbres, les cordes d'un violon trémulaient sous une main.

Les vieux époux étaient allongés dans leur lit qui ressemblait à une tente dont les pans, couvertures et vêtements mêlés, se seraient effondrés sur eux. Pas de feu dans le petit poêle, juste la lueur d'une bougie à moitié fondue.

« Mon mari est mort… Vous avez perdu connaissance », murmura la vieille femme et Volski mit du temps à comprendre que les deux phrases n'étaient pas dites au même moment. Il avait eu une brève syncope, la femme s'était levée pour lui poser un bout de tissu mouillé sur le visage et, en reprenant ses esprits, il entendit sa voix (« Vous avez perdu connaissance… »). Il voulut expliquer que ce n'était pas l'annonce de la mort qui l'avait jeté à terre comme dans une mauvaise pièce de théâtre. Elle l'assura ne pas avoir pensé cela, l'aida à s'installer dans un fauteuil. Ils n'avaient plus la force de parler, leur silence devint une veillée où ils se comprenaient sans parole.

Ils comprenaient que la mort avait cessé de surprendre, trop fréquente dans la ville qui agonisait. Nombreux étaient les appartements habités par des cadavres, les corps étaient déposés en pleine rue et les vivants, séparés d'eux par une frontière très mince. Volski se souvenait de ce passant qui, un jour, à l'entrée du pont du Palais, s'était arrêté près d'un homme étendu dans la neige et soudain s'était écroulé lui-même, le rejoignant par-delà la frontière. « J'ai failli le faire tout à l'heure », pensa-t-il en jetant un regard sur le corps du vieillard.

La mort avait toujours été entourée, dans sa tête, par un complexe jeu de cache-cache avec soi-même, un louvoiement entre les promesses balsamiques, le cynisme, la peur. Il retrouvait le même jeu dans les livres : un écheveau de faux-fuyants pour taire la mort, sinon la déguiser sous des mensonges…

La femme tendit son bras, redressa la bougie. La flamme rendit transparente sa main amaigrie, jusqu'au dessin des vaisseaux sanguins. Des doigts de glace. L'ombre de son geste passa sur le visage du vieil homme, comme une caresse, et sembla l'animer d'un reflet de vie. Elle dut le remarquer, sourit en fermant les yeux et serra la main de son mari.

Tout ce que Volski savait de la mort lui parut faux. L'instant qu'il partageait avec ces deux vieux êtres palpitait de vie. Une vie décantée dans l'ultime simplicité du vrai. Ces vieilles mains unies, ce sourire de peine sur le visage de la femme, le calme de son regard.

Tard dans la nuit, elle posa sur la table de nuit un petit sac en toile et, devançant le regard, l'odorat de Volski devina le pain sec. « On va pouvoir manger », chuchota la femme comme si elle avait peur de troubler le sommeil de son mari et elle ajouta : « Grâce à lui… », des paroles dont Volski ne saisit pas le sens. Le pain séché se dilatait délicieusement dans la bouche. Et il y eut aussi ce goût que la langue avait peine à reconnaître, un morceau de sucre qui fondait lentement, devenant non pas une saveur mais une vision, la mosaïque mouvante d'un monde oublié. « Il ne faut pas trop manger », ils le disaient machinalement, s'approuvant l'un l'autre. Le refrain connu de tous les affamés devant le danger de l'abondance subite. Trop… Volski regarda le petit sac, évalua le temps que sa voisine pouvait tenir avec ces réserves…

« Oui, grâce à lui », répéta-t-elle. Une lettre laissée par son mari disait l'existence de ce sac caché derrière les livres qui n'avaient pas encore brûlé dans le poêle. Depuis des semaines, l'homme gardait une part de sa ration, sachant qu'entre sa femme et lui, il fallait choisir celui qui survivrait…

Volski avait déjà entendu parler de ceux qui, dans Leningrad assiégée, se laissaient mourir pour sauver un proche, d'habitude une mère se sacrifiant pour ses enfants. Maintenant, c'est lui-même qui devait sa vie à un homme.

La vieille femme se tut, ferma les yeux, la main serrant les doigts de son mari. Volski eut de nouveau la sensation que ce lien était indifférent à la disparition des corps. La femme inspira profondément et avec ce sourire d'amertume qu'il connaissait, murmura : « En fait, j'ai fait comme lui… » D'un hochement de tête vers une petite étagère, elle montra un sachet en papier d'où sortaient des tranches de pain séché.

Il partit au cimetière dans le noir dense d'une matinée d'hiver. Des avenues sombres, vidées de circulation, faisaient penser à des fjords gelés d'où la mer se serait retirée. Les passants étaient plus nombreux qu'il ne l'aurait cru. Ils se détachaient de l'obscurité comme sur un négatif. Ceux qui allaient à l'usine marchaient plus vite et paraissaient moins atteints, remarqua Volski, ne sachant si cette impression d'énergie était due au surplus de pain qu'ils recevaient ou bien à la force de leur complexion. Plus souvent que ces ouvriers, passaient des femmes courbées, tirant des luges chargées de seaux, tantôt vides, tantôt remplis d'eau de la Neva. Leur démarche ne se distinguait pas du piétinement des gens qui, comme Volski, transportaient un mort.

Il avait utilisé la porte d'une armoire, une planche de cinquante centimètres de large, pour disposer le corps du vieil homme. Rares étaient ceux qui réussissaient à trouver un cercueil. La plupart enterraient leurs proches dans un linceul fait d'un rideau ou d'une nappe.

Après trois ou quatre carrefours, on n'avait plus à changer de rue pour atteindre le cimetière et désormais tout le monde suivait la même direction. Volski pataugeait dans la neige à peu de distance de deux femmes dont le fardeau était placé sur un rectangle de tôle. À un tournant, elles s'arrêtèrent et l'une d'elles étreignit l'autre avant de la quitter. Elle l'avait aidée, sur un bout de chemin, et maintenant devait s'en aller travailler, pensa Volski. Celle qui était restée seule dans son attelage avança plus lentement et bientôt il fut sur le point de la doubler. C'est alors qu'il remarqua son erreur. Ce qu'il avait pris pour de la tôle était, en réalité, un grand tableau… Étonnant, oui et non, se dit-il, en imaginant le désarroi, la hâte, l'impossibilité de trouver rapidement une luge… Celui qui, enveloppé d'une étoffe, reposait au milieu du cadre ne paraissait pas lourd, la toile était peu déformée. Mais faire glisser un tel rectangle demandait beaucoup d'efforts : les angles du tableau s'enfonçaient dans la neige, le corps se déplaçait, risquait de tomber…

Plutôt d'un geste qu'avec des paroles, Volski proposa son aide, la femme accepta par un simple hochement de tête. D'une main, il tirait à présent sa charge à elle. Le noir du ciel vira au violet, limpide, glacé. On voyait mieux l'enfilade de la rue, les filets blancs de la respiration au-dessus des marcheurs.

Le bruit des avions surgit pendant qu'ils traversaient une grande place vide. « Les pires », se dit Volski en entendant le sifflement des stukas qui bombardaient en piqué. Les secousses des explosions résonnèrent dans la plante des pieds et le fracas donna aux décors de la ville morte un volume sonore, changeant. De la rue voisine montait une grosse nuée tournant sur elle-même. Les gens abandonnèrent leurs morts et se précipitèrent dans les entrées des immeubles. Volski et la femme qu'il aidait se retrouvèrent étendus contre un mur, derrière les congères. Elle était allongée sur le côté, le visage caché sous ses bras repliés. Sans rien connaître d'elle, sans savoir si elle était jeune ou âgée, Volski éprouva une violente pitié envers ce corps jeté au milieu de la neige souillée. Un seul éclat de bombe et cette inconnue pouvait rester là, un débris humain inutile. Il eut envie de se lever, pour s'interposer entre cette vie et les giclures de métal qui criblaient la rue.

Au bout d'un quart d'heure, ils reprirent la route et Volski put enfin voir le visage de celle qui marchait à ses côtés. Elle était jeune mais ses traits rongés par la faim la rendaient sans âge, presque sans personnalité. Comme toutes les femmes dans la ville assiégée. Des yeux agrandis, enfoncés, les lignes décharnées des joues qui laissaient transparaître la géométrie des mâchoires et du crâne.

Quand, essoufflés, ils s'arrêtèrent pour croquer du pain séché, il parla, voulant alléger le poids de leur avancée funèbre :

« Jamais je n'aurais cru que je ferais voyager mon voisin dans un tel équipage. C'est triste… Le vôtre n'est pas mieux loti… C'est qui ce mort ?

– C'est ma mère. »

Ils restèrent immobiles, face à face, muets, évitant la moindre mimique, déjouant la montée des larmes. Il faisait, ce matin-là, moins trente, ce n'était pas le moment de pleurer.

La jeune femme s'anima la première, se baissa, attrapa la corde de son fardeau.

« J'ai changé plus que toi… Tu ne m'as pas reconnue », murmura-t-elle.

Volski crut avoir mal entendu, étonné par ce tutoiement, mais surtout par la rapidité avec laquelle cette voix féminine lui redevenait familière. Il voyait pourtant toujours une inconnue.

« Nous nous sommes déjà rencontrés ? »

La jeune femme releva un peu le gros châle qui cachait son front.

« Oui, je suis celle qui ne sait pas manger les gâteaux et toi tu adores le chocolat chaud. »

Il s'arrêta, abasourdi, fixa ces traits décharnés, ces yeux immenses dans leurs cernes noirs… Mila !

Un soir, au début du mois de décembre, Leningrad échappa aux mots qui, récemment encore, aidaient à penser sa glaciale agonie. On disait « guerre », « blocus », « famine » et tout paraissait logique. Jusqu'au jour où, sur la place des Cinq-Angles, Volski et Mila virent cette étendue d'eau gelée. Des conduites avaient explosé, laissant un vaste miroir rempli de ciel violet et de façades sombres. Ils progressaient pas à pas, reprenant leur souffle toutes les cinq minutes. Débouchant sur la place, ils s'arrêtèrent, interdits. Une ville inconnue se découvrait dans le reflet béant à leurs pieds. Au bord de cet abîme, était assise une jeune fille, une statue recouverte de givre. Des mots réussirent tant bien que mal à reconstituer ce qui s'était passé : une habitante avait tenté de puiser de l'eau, s'était affalée, terrassée par l'épuisement. Mais l'écho des paroles se brisait contre cette ville renversée, contre le sourire qu'on distinguait sur le visage figé de la jeune fille.

… La veille, ils avaient aidé la voisine de Volski à quitter la ville. Cette infime chance de partir existait à présent grâce aux camions qui se hasardaient sur la carapace gelée du lac Ladoga. Les Léningradois n'appelaient pas encore cette voie « la route de la vie » mais des centaines de personnes fuyaient ainsi la ville, bénissant le froid qui pétrifiait les vagues, ce froid mortel pour ceux qui restaient… Ce départ fut le tout dernier sens auquel on pouvait s'accrocher dans la ville morte. La guerre, le siège, ces camions qui emportaient les enfants et les vieillards vers la survie. Les mots et les gestes s'enchaînaient encore dans un semblant de logique…

Le crépuscule de la place des Cinq-Angles renversa ce monde sur la surface violette de la glace – le vertige des immeubles, des réverbères, des étoiles qui se précipitaient sous terre. Et à la bordure de l'eau gelée, une jeune fille assise souriait du fond de sa mort.

Ils ne parlaient presque plus. Les mots adhéraient mal à ce qu'ils vivaient. Il aurait fallu appeler « maisons » ces blocs de pierre abritant des cadavres. Et « habitants » ces croquis humains flous, anguleux. La « nourriture » signifiait le cuir bouilli, la colle des papiers peints diluée dans l'eau.

Pour protéger ces dernières étincelles de vie, des milliers de femmes squelettiques se démenaient devant les chaînes des usines d'armement, alignant des rangées d'obus, des flots sonores de balles. Dans les plaines glacées autour de la ville, des hommes au visage creusé d'engelures envoyaient cet acier sur d'autres hommes qui, avec une obstination démente, voulaient conquérir l'immense cimetière que devenait Leningrad. Chaque nuit, des camions s'engageaient sur la banquise du lac, rusant avec les bombardiers qui s'acharnaient sur ces cibles exposées au milieu des neiges. Souvent, la cargaison humaine disparaissait dans les trouées ouvertes par les bombes. Au retour, les camions rescapés rapportaient du pain, de quoi couper des tranches de cent vingt-cinq grammes, relançant, pour quelques jours, cette vie que les mots ne parvenaient plus à dire.

Et au-dessus de ce monde fantomatique se levait le soleil mauve des grands froids, un disque mat qui se montrait brièvement et faisait penser à une planète inconnue.

Tout ce qui leur arrivait avait l'air de se passer déjà après leur disparition. Dans cet après-vie, au fond des labyrinthes de pierre mouraient des êtres uniques, confondus dans l'indistinction des corps décharnés, dans la folie des derniers soubresauts de l'espoir, dans la fièvre des souvenirs, et d'autres êtres, un peu plus vaillants, découpaient des bouts de métal avec lesquels des hommes au visage brûlé par le gel tuaient ceux qui étaient venus dans ces neiges pour mourir.

Désormais, Volski et Mila voyaient le monde ainsi, avec un regard se projetant de très loin. Un regard qu'on eût cru divin tant il était détaché, et pourtant douloureusement humain car tous deux ils avaient très peur de la mort de l'autre.

Le soir où ils virent la ville renversée, cette peur avait des yeux qui les épièrent dans l'obscurité. Ils étaient rentrés, avaient essayé d'allumer le feu, avaient échoué. Leurs mains, désarticulées par la faiblesse, n'arrivaient plus à casser une lame de parquet. Quelqu'un les fixait dans le noir, avec une grimace de mépris, tel un chasseur qui surveille un gibier frémissant à ses pieds...

Volski s'arracha à ce regard, saisit une liasse de feuilles, les froissa une à une, en remplit le poêle. Tous les livres avaient déjà brûlé, restaient ces pages de partitions et un livret d'opéra qu'ils apprenaient autrefois au Conservatoire. Le feu partit, ils lui tendirent leurs mains, se malaxèrent les doigts, réussirent à desceller une dizaine de lattes.

Sur les feuillets embrasés disparaissaient des ondoiements de musique, des voix. La peur céda devant un sentiment inconnu : la mort était peut-être la naissance de ces échos qui s'échappaient des pages brûlées. La certitude d'être ailleurs que dans leurs corps affamés n'avait rien de triomphant. Tout simplement, sans avoir besoin de le dire, ils savaient que cela était ainsi.

Le lendemain, cette fois leur donna la force d'aller jusqu'à l'endroit où ils s'étaient rencontrés le 21 juin... Le café Le Nord était fermé, la rue barrée avec des blocs de béton, les entrées des maisons transformées en nids de mitrailleuses. La ville se préparait à subir l'assaut final de l'ennemi. L'intérieur du café avait peu changé. Le même comptoir plaqué de bronze, les mêmes miroirs et là, sous une grande mosaïque murale, « leur » table… Oui, une table dans une salle vide et toute cuivrée de soleil, le calme infini. Et sur la vitre le reflet de deux visages aux os saillants du crâne. La mort était donc cela.

Ils savaient qu'ils s'étaient trop éloignés de leur maison et que le croûton mangé le matin ne suffirait pas pour le retour. Les rues étaient jalonnées de corps gelés, certains enveloppés dans un linceul de fortune, d'autres, assis ou couchés, gardant la pose ordonnée par leur chute. Ils marchaient lentement, sans éprouver d'émotion à la vue de ces morts, ni à l'idée, vague et indolore, de tomber, de se figer. À un moment, Volski remarqua que le menton de Mila avait blanchi, on eût dit une trace de poudre, signe précurseur d'une engelure. Il essaya de frotter cette marque, mais ses doigts gourds lui obéissaient mal. Alors, il entrouvrit son manteau, attira la jeune femme pour qu'elle cache ce visage frigorifié contre sa poitrine. Ils restèrent enlacés au milieu d'une rue où, dans le crépuscule, veillaient les morts. C'était leur toute première étreinte.

En tournant vers la Neva, ils aperçurent une longue file d'attente devant un immeuble. Leur instinct d'affamés fit le lien : une foule, des tickets de rationnement, une tranche de pain. Pourtant cette file avait une allure insolite. Les gens passaient la porte mais personne n'en sortait, comme s'ils avaient décidé de manger leur ration sur place, à l'abri du vent glacial de la Baltique. En s'approchant, Volski et Mila découvrirent avec stupeur qu'il s'agissait d'un théâtre et que ces gens rendus muets par l'épuisement allaient assister à un spectacle.

L'affiche de la Comédie musicale annonçait une opérette : *Les Trois Mousquetaires*…

Sans se concerter, ils se dirigèrent vers l'entrée des artistes. Un vieil homme, une bougie à la main, les accueillit, faisant penser à un personnage égaré d'une pièce de Tchékhov, les guida au bureau du directeur. Celui-ci était en train de casser du bois et de remplir un poêle en fer sur lequel chauffait une casserole. Il leva sur eux un visage émacié et son sourire tendit la peau sur les angles de ses pommettes. Ses yeux semblaient fixés sur une vision d'horreur. Volski parla du Conservatoire, demanda s'ils pouvaient être utiles…

Soudain l'homme le repoussa et dans un élan brusque eut le temps de retenir Mila qui venait de perdre connaissance. Quand elle revint à elle, il murmura toujours avec ce sourire qui ne changeait rien à l'expression de ses yeux : « Autrefois, les comédiens étaient entraînés à soutenir les héroïnes qui s'évanouissaient… » Il les invita à boire un bol de soupe, de l'eau chaude, en fait, où flottait un peu de gruau.

Leur demande fut acceptée d'une parole que Volski retiendrait pour toute sa vie : « Nous avons besoin de voix. » Il rencontra le regard de Mila. Des voix… En réalité, c'était tout ce qui leur restait.

Leur vie se confondit avec le théâtre. Ils aidaient à installer les décors, donnaient un coup de main aux costumiers, préparaient le repas pour les chanteurs et les musiciens. Et le soir, ils jouaient. Volski pensait qu'en engageant ces figurants en surnombre, le metteur en scène voulait les rassurer. Mais après quelques représentations, il comprit que ce choix tenait à la disparition fréquente des acteurs. Participant au spectacle, les figurants apprenaient les rôles et pouvaient ainsi remplacer ceux qui, un jour, ne venaient plus.

Volski et Mila connaissaient déjà par cœur ces *Trois Mousquetaires*, une opérette écrite par un certain Louis Varney et dont le livret avait été sérieusement remanié par un auteur russe. La pièce avait peu de choses en commun avec le roman de Dumas. Sauf les mousquetaires, bien sûr. En rentrant chez eux, ils allumaient le feu, répétaient les airs et parfois se mettaient à rire : les paroles sur « le chaud soleil du Midi » faisaient monter de la bouche de Volski un nuage de buée… Le plus dur

était le premier acte. À cause de ce « chaud soleil »,
Marie, la bien-aimée de d'Artagnan, grelottait dans
sa robe de satin clair.

Tout le monde se battait pour que les spectacles
se passent comme avant. Et tout était, bien sûr, très
différent. On jouait à la lueur des bougies, dans une
salle où il faisait moins dix. Souvent la pièce était
interrompue par une sirène d'alarme. Les spectateurs descendaient au sous-sol, ceux qui n'en
avaient plus la force restaient recroquevillés sur
leur siège, en fixant la scène vidée par le bruit des
bombes… On n'entendait plus d'applaudissements.
Trop affaiblis, les mains gelées dans les moufles,
les gens s'inclinaient pour remercier les acteurs.
Cette gratitude silencieuse touchait plus que n'importe
quelles ovations.

Un soir, juste avant le spectacle, un des mousquetaires trébucha au seuil de sa loge et s'affaissa,
gardant sur son visage grimé un sourire de surprise… Ce n'était pas la première mort dont Volski
et Mila furent témoins ici, au théâtre, mais cette
fois c'est eux qui transportèrent l'acteur au cimetière. Le chemin leur était connu et, en route, ils
comprirent la vraie différence entre les spectacles
joués ces jours-ci et la vie théâtrale d'avant guerre.
À présent, ceux qui chantaient sur scène et ceux qui
écoutaient dans la salle avaient en partage la mort.
L'illusion scénique créée si près du néant devenait
d'une vérité souveraine.

Cette vérité était encore plus vive aux concerts
que les chanteurs donnaient en allant au front. Des

plaines glacées labourées par les obus, des tréteaux de fortune posés sur des caisses d'artillerie et ces visages de soldats dont la plupart disparaîtraient dans les jours à venir. Il arrivait souvent à Volski et Mila de chanter des airs des *Trois Mousquetaires*, leur « avant-première », disaient-ils en souriant.

Ils n'auraient jamais cru que la ligne de défense était à ce point proche de Leningrad. Montés sur l'estrade, ils voyaient, à travers la grisaille du froid, l'oscillogramme figé des flèches et des dômes. Leurs voix semblaient alors s'élever comme un fragile écran entre cette ville et les positions ennemies. Ils rencontraient les regards des soldats, des hommes jeunes ou âgés, les uns gardant une certaine crânerie, d'autres éteints, vidés d'espoir. Les chants disaient le soleil et l'amour. Tandis que dans ces regards passait, par moments, la terrible fraternité des condamnés. Oui, l'acceptation de la mort mais aussi la folle certitude d'être plus que ce corps jeté sous les bombes.

Les chanteurs devenaient proie facile pour la mitraille d'un avion en piqué. Cependant c'est ici, au front, en partageant le repas avec les combattants, que Volski et Mila reprirent un peu leurs forces. Un soir, au théâtre, Volski avoua : « Grâce à leur popote, je pourrais jouer d'Artagnan d'un bout à l'autre… » Ils se souvenaient qu'au début, il leur fallait s'asseoir et souffler à la fin de chaque scène.

Il plaisantait en parlant de d'Artagnan, n'imaginant pas qu'un jour on pourrait lui confier ne fût-ce qu'un rôle secondaire. Pourtant, la distribution était décidée non plus par le metteur en scène mais par un personnage taciturne présent à chaque spectacle. Oui, la vieille avec sa faux dont les acteurs se moquaient pour ne pas perdre courage.

La comédienne qui jouait Marie fut mortellement blessée dans un bombardement, à quelques pas du théâtre. Mila dut la remplacer le soir même. Pendant l'entracte, le souffle encore vibrant des airs espiègles, elle accourut dans la loge où l'actrice, entourée de chanteurs et de musiciens, se mourait. En voyant Mila, elle chuchota : « Dans le deuxième acte, quand tu t'enfuis avec d'Artagnan, marche doucement, sinon la course te fera perdre haleine. Moi, les premiers temps... » Sa voix se coupa, ses yeux se figèrent sur la longue flamme d'une bougie. La cloche annonçait l'entrée en scène.

Deux jours plus tard, Volski joua d'Artagnan. Il succéda à un acteur qu'on avait retrouvé sans vie dans un appartement aux vitres éclatées.

Le spectacle se déroula sans ratures. Même les alertes aériennes ne vinrent pas l'interrompre. Seul Volski savait que son jeu tenait à un fil. Au milieu de la pièce, ses forces se dérobèrent. Non, il ne tomba pas et continua à agiter son épée et à chanter avec entrain. Mais un dédoublement se fit : son corps se hissait sur les marches d'un château, sa voix se lançait dans de joyeuses roulades et très loin de ce jeu résonnaient les paroles de quelqu'un qui se trouvait à plusieurs années de distance. Dans l'obscurité glacée de la salle, il voyait des spectateurs qui s'inclinaient, s'excusant de ne plus être capables d'applaudir. Et sur scène, chantait une jeune femme à qui il venait de déclarer son amour car tel était le sujet de la pièce. Il devinait que ce baiser théâtral était pour elle plus qu'un petit geste exigé par l'intrigue. Ce détail aurait dû l'amuser et pourtant il éprouva une douleur très vive qui semblait venir de l'avenir où ce baiser d'opérette aurait un tout autre sens… Il remarqua aussi que l'acteur qui jouait Porthos transpirait à grosses gouttes.

Ce dédoublement, au lieu de le distraire, lui permit d'aller jusqu'au bout, jusqu'au moment où, se donnant la main, les comédiens avancèrent pour saluer le public. Mila souriait, émue, visage en feu, Porthos essoufflé s'inclinait en balayant les planches avec son chapeau de mousquetaire, Volski sentait palpiter dans sa gorge l'air qu'il venait de chanter. Et l'on pouvait même imaginer la houle des applaudissements et les belles épaules nues des spectatrices…

Sa joie trouva alors un argument égoïste, la soif d'être admiré qui lui rappela un jeune homme buvant son chocolat chaud : non, ce passé estival devait renaître, la vie, sa jeune vie reprendrait son cours, le cauchemar d'une Leningrad affamée allait se dissiper, non, la ville ne tomberait pas !

Il entra dans sa loge, jeta son chapeau à plume dans un fauteuil, enleva le baudrier avec l'épée, décolla la moustache en se lançant une grimace dans un miroir. Et soudain, dans ce même reflet aperçut Porthos. L'homme était assis dans un coin, comme un enfant puni, les mains serrées entre ses genoux, le visage brillant de sueur. Volski s'apprêtait déjà à aller lui donner une tape sur l'épaule, à le féliciter pour son jeu quand Mila apparut et lui fit signe de sortir… La nuit précédente, Porthos avait réussi à embarquer sa femme et ses enfants dans un des camions qui évacuaient les rares chanceux hors de la ville assiégée. Au matin, il avait appris que le convoi avait été bombardé et qu'il n'y avait pas eu de rescapés. Il était venu au théâtre, avait joué. La scène était peu éclairée, les spectateurs ne voyaient pas ses larmes. Même les comédiens pensaient qu'il avait de la fièvre et transpirait malgré le froid.

Ils rentrèrent en silence, suivant ces rues noires où l'on croisait souvent des corps figés. Dans le ciel voltigeaient, mêlées aux flocons, des feuilles de papier que les passants ramassaient, lisaient, déchiraient. Des tracts qu'un avion allemand venait de lancer : Moscou avait été prise, l'armée du Reich avait traversé la Volga et progressait dans l'Oural, sans rencontrer de résistance… Il ne fallait surtout pas être tenté d'y croire une seconde, le danger était dans ce doute qui se mettait à s'enraciner dans le cerveau, à dissoudre la volonté.

Non, Moscou ne pouvait pas se rendre ! Ils pensèrent à Leningrad, se rappelèrent les visages terreux des soldats qui, à quelques kilomètres de là, s'accrochaient à une bande étroite de plaine gelée.

« Ces camions bombardés dans la nuit, on m'en a parlé avant le spectacle, murmura Mila. Je ne pensais pas que Porthos allait pouvoir tenir jusqu'à la fin… » Elle s'inclina, ramassa quelques tracts, « pour le feu », dit-elle avec un petit sourire. Ils reprirent leur marche. Cet homme en larmes qui avait chanté et ri sur scène devint pour eux une preuve fragile mais étrangement irréfutable : la ville ne tomberait pas.

Le lendemain matin, ils apprirent que les spectacles allaient être interrompus, la mobilisation des derniers hommes qui n'étaient pas encore au front venant d'être décrétée.

Et le soir, en longeant les quais de la Neva, ils virent des matelots transporter de grandes caisses noires qu'ils chargeaient sur un remorqueur. Volski voulut s'approcher, un militaire le rabroua. Ils firent demi-tour et avancèrent aux côtés d'un vieil homme qui avait dû, lui aussi, voir le chargement. « J'étais moi-même dans la marine, expliqua-t-il à mi-voix. Là, ils sont en train de miner le port. Après, ils vont couler tous les navires de guerre. Pour ne rien laisser aux Allemands. C'est fini, elle est perdue, notre ville. »

Pendant quelques jours, ils donnèrent des concerts à proximité de la première ligne, là où la mort survenait entre deux mots échangés dans une tranchée. Le même vent, par moins trente, qui semblait engainer le chant d'une couche de glace, le même grelottement que les comédiens cachaient sous une gesticulation bravache. Mais les regards qu'ils croisaient dans la foule de soldats avaient changé. Ces hommes savaient désormais que leur mort ne pouvait protéger personne. Pour sauver Moscou dont les Allemands brisaient déjà la résistance, on allait sacrifier Leningrad. La vieille rivalité entre les deux capitales devenait, en cet hiver, un choix sans issue.

Les chanteurs ne rentraient plus à la maison, logés dans un foyer d'ouvriers vidé par la mobilisation. De ce faubourg, il était plus simple de se rendre au front. Plusieurs fois déjà, ils avaient réclamé des armes pour être envoyés dans une unité combattante. Le militaire âgé qui accompagnait leur troupe répétait, curieusement, la même réponse qu'avait

faite, un jour, le directeur de la Comédie musicale :
« Nous avons besoin de vos voix… »

Il le redit un soir, en précisant que le lendemain leur concert se passerait dans un endroit très exposé. « Vous allez chanter sous les balles, ajouta-t-il, donc viendront avec moi les seuls volontaires… » Un flot d'exclamations joyeusement indignées lui fit écho : « Capitaine, vous commencez à douter de vos mousquetaires ? » Un comédien entonna l'air chanté par Porthos. Le « capitaine » leur fit signe de se taire. « Je ne peux pas vous en dire davantage mais les conditions seront vraiment dures. Réfléchissez… »

Ils partirent à la fin de la nuit, dans un fourgon de l'armée : quatorze chanteurs, dix musiciens chargés de leurs instruments, personne ne manqua à l'appel. La route ne fut pas longue (il n'y avait plus de grandes distances autour de la ville assiégée) et l'endroit où ils débarquèrent ne parut pas très différent des lieux qui accueillaient d'habitude leurs concerts. Sauf que cette fois, aucune présence humaine n'était visible. Des étoiles aux lueurs acérées, cette étendue blanche descendant vers une rivière gelée puis remontant sur la crête de la berge opposée. Aucun bruit, à part leurs chuchotements (le « capitaine » leur avait demandé de ne pas parler à voix haute). Pas de tréteaux, ils s'installèrent sur un carré de neige tassée, les chanteurs devant, les musiciens un peu en retrait, tous tournés en direction de la rivière, obéissant plus à un pressentiment qu'à un ordre. Là-bas, derrière la crête, se précisait une mystérieuse source d'audition…

Le militaire passa parmi eux, serra la main à chacun, bafouillant tantôt un proverbe (« Deux fois personne ne mourra, à une mort personne n'échappera »), tantôt un souhait qui sonnait bizarrement venant d'un officier : « Bon, allez, avec l'aide de Dieu ! » Son ton était confus mais l'émotion, sincère et c'est à ce moment-là qu'ils prirent conscience qu'il s'agissait d'un concert tout autre que les précédents.

« Regarde, cette étoile, c'est celle qu'on voit de ma fenêtre... » Volski eut le temps de glisser ce mot à l'oreille de Mila. Elle eut le temps de lever les yeux...

La plaine qui paraissait nue frémit et se couvrit de points. La nuit, prise au dépourvu, resta silencieuse pendant quelques secondes, puis d'un coup, éclata en fusillades. La clameur sourde d'un « hourra ! » se dilata dans l'air. Le « capitaine » agita les bras, la musique résonna. Les chanteurs effacèrent par la puissance de leurs voix et le cri des soldats et les premiers tirs.

Ils chantaient *L'Internationale*, pas trop étonnés par le choix qu'avait fait le « capitaine » (leur répertoire était plus lyrique). Parmi eux, il y avait peu de fervents croyants du communisme mais les paroles qui s'arrachaient de leurs lèvres disaient une vérité difficile à nier. Elle venait au monde sous leurs yeux. Ce fut d'abord la blancheur de la plaine hérissée de figurines noires qui couraient vers la rivière. Puis les premiers corps qui tombaient et, sur la crête de la rive opposée, les positions des Allemands qui se découvrirent, rompant

141

la ligne des dunes neigeuses par les encoches de leurs armes. Enfin, dans la belle transparence de ce matin d'hiver, une longue trace écarlate laissée par un soldat qui rampait vers les chanteurs, comme s'ils avaient pu le protéger.

Tout se mêla sur les rives. Une vague d'assaillants reculait, décimée, et heurtant la nouvelle rangée qui partait à l'attaque, se joignit à elle, put avancer de quelques dizaines de mètres, tomba sous le feu de plus en plus précis des Allemands. Un autre pointillé humain se levait déjà et se lançait sur la pente glacée de la berge. Le crépitement de la fusillade devint continu, cadencé par des explosions, par les appels des commandants et les cris des blessés. De ce blessé-là surtout qui rampait toujours vers l'orchestre, poussant un râle déchirant et maculant la neige de son sang.

Le chant donnait à l'anarchie de toutes ces morts un rythme ample et grave qui semblait sonner au-delà du champ de bataille. Ils étaient peu nombreux sur leur scène de neige tassée, mais les soldats avaient l'impression que la puissance de tout le pays se soulevait derrière eux.

Ils reprenaient l'hymne pour la troisième fois quand Volski remarqua ces combattants qui venaient d'atteindre le haut de la rive opposée. Une rafale de mitrailleuse les faucha, mais leurs corps marquèrent la frontière la plus avancée de l'assaut. Il voyait tout, malgré la tension qu'exigeait le chant. Sur la glace de la rivière, des hommes s'agrippaient à l'affût d'un canon, à ses roues enlisées dans une congère. Leurs mouvements étaient à la fois fébriles et péniblement lents, comme ceux d'un coureur dans un mauvais songe.

Il voyait aussi ce que la nuit avait caché : au fond de la vallée, un village détruit, des toits carbonisés et, étonnamment intacte, cette maison-là sous un arbre très haut et, par miracle, préservé. Caprice d'une journée de guerre... Un autre caprice, ce jeune soldat blessé qui, recroquevillé tout près de leur chœur, posait sur eux un regard en larmes. La souffrance logique de la masse humaine et, soudain, cette souffrance singulière qu'aucune logique ne pouvait justifier.

Cet assaut était un acte de bravoure désespéré, un baroud d'honneur plus qu'une décision de stratèges. Une éternité après la fin de la guerre, Volski retrouverait la mention de cette journée de décembre dans deux livres d'histoire. Le premier parlerait de « la participation des artistes léningradois à la défense de la ville » sans citer qui que ce soit. Le second, bien plus récent, évoquerait « un simulacre de contre-offensive conçu par des responsables qui cherchaient à se dédouaner aux yeux de Staline ». L'un comme l'autre ne rendraient compte ni de ce soldat qui venait de tracer une ligne de sang sur la neige, ni du calme de la maison préservée sous son arbre, ni surtout de cette boucle de cheveux sombres qui échappait du châle de Mila et qu'en chantant Volski atteignait par son souffle.

Aucune histoire ne retiendrait non plus cette chaîne de soldats qui parvint à se hisser sur la crête. Leurs silhouettes s'incisèrent dans le ciel et furent balayées par les balles, la vague suivante sut s'accrocher un peu plus haut. Les chanteurs ne savaient plus combien de fois ils avaient entonné *L'Internationale*, mais à la vue de ces hommes les paroles de « la lutte finale » sonnèrent avec une justesse neuve.

C'est alors que les explosions se mirent à les encercler. Plus tard, dans l'armée, Volski saurait reconnaître ce tir de mortier, avec sa trajectoire perfide, à la verticale, qui donne l'impression que les obus tombent du ciel. À présent, il ne remarquait que le resserrement de la visée autour d'eux. Une explosion souleva la neige derrière l'orchestre et, sans se retourner, il devina d'après un à-coup dans la mélodie qu'un des musiciens venait d'être touché. Les chanteurs forcèrent leurs voix, avec une liesse sauvage, avec la joie d'être identifiés par l'ennemi et donc de compter dans ce combat.

Il tomba sans avoir été blessé. Un chanteur à sa droite reçut un éclat en plein visage, se renversa et l'entraîna dans sa chute. Le temps de se relever, Volski vit leur troupe telle qu'elle devait se découvrir de la rive : deux rangées de chanteurs, un demi-cercle de musiciens, et déjà des espaces vides laissés par les tués. Pourtant le chant n'avait pas perdu en intensité. Et sur la crête, plusieurs dizaines de soldats se battaient désormais, lançaient des grenades, plantaient des mitrailleuses au milieu des corps des camarades morts.

Il eût fallu reculer, fuir vers le fourgon. Se sauver. Personne ne bougea. L'ordre de se replier aurait pu être donné mais leur « capitaine » gisait sur le sentier descendant vers la rive… Ils chantaient avec une liberté jamais éprouvée. Le mépris de la mort fit jaillir une violente exultation de leurs corps décharnés. Des larmes brillaient sur leurs cils. Volski vit un chanteur qui, la tête en sang, tentait de se redresser pour reprendre sa place. Puis cette cymbale qui roula sur la pente glacée…

Et le silence s'abattit, la lumière vira à la nuit d'où parvenaient des paroles qu'il essaya de reconnaître. C'était donc… L'effort qu'il fit l'éveilla. Dans l'épaisseur cotonneuse laissée par une explosion, il percevait une voix et quand il réussit à maîtriser sa vue, il se découvrit étendu au milieu d'autres corps et tout près de son visage il vit les yeux de Mila, ses boucles brunes qui n'étaient plus couvertes de son châle et, sur le haut de son front, une longue saignée. Il parla mais ne s'entendit pas. Les seules paroles audibles étaient celles qu'elle chantonnait. Le rôle de Marie, de la pièce où ils avaient joué…

Avant de sombrer de nouveau, il fixa ce visage féminin penché sur lui, un visage creusé par la faim et défiguré par les blessures. Il vécut alors, très brièvement, le début d'une vie qu'il n'aurait jamais cru possible sur cette terre.

Il ne revit plus Mila et ne savait même pas si elle avait été soignée à Leningrad ou bien évacuée, une nuit, avec un convoi de camions. Sorti de l'hôpital la veille du jour de l'an, il se retrouva dans une compagnie d'artillerie, à quelques kilomètres de l'endroit où leur dernier concert avait eu lieu. L'étau du blocus s'était légèrement desserré, quelques petites villes avaient pu être reprises à l'ennemi et dans l'une d'elles les camarades de Volski ramassèrent un paquet de jolies cartes avec une légende en allemand, en riches caractères gothiques. Un officier les lut, lança un juron. C'étaient des invitations pour les festivités à l'occasion de la chute de Leningrad. La célébration était prévue le 18 décembre, à l'hôtel Astoria… Volski se souvint que leur chœur avait chanté deux jours avant cette date.

Il se sentit fier d'avoir aidé, par ce concert, à la défense de la ville. Avant d'apprendre qu'à la mi-décembre les Allemands avaient été battus près de Moscou et que cela avait sauvé Leningrad, rendant caduques les belles invitations aux caractères gothiques… L'impossibilité de trancher, à la guerre, entre le poids de l'action collective et l'héroïsme d'un seul, la mouvante imprécision de leur équation, fut l'une des leçons de ces quatre années de combats.

La guerre lui donna peu de leçons. Dans Leningrad assiégée, il avait vécu la mort aussi intimement qu'eût fait un soldat. À présent, traversant des champs couverts de cadavres, il s'étonnait de leur nombre, mais la singularité absolue de chaque mort se trouva plutôt émoussée, ici au front, brouillée justement par le nombre.

Non, bien sûr, il eut à découvrir une foule de détails, souvent d'une importance vitale. Cette maison intacte dans un village rasé et cet arbre très haut qu'il avait vus pendant leur dernier concert. Il savait maintenant que c'est l'arbre qui avait protégé la bicoque. Une cible qui, logiquement, aurait dû sauter la première. Mais les artilleurs ont leur propre logique. Ils ajustent le tir en choisissant un repère (un clocher, un poteau ou un arbre) et c'est le repère qui survit au milieu des décombres, en récompense de son utilité balistique.

Il se souvenait aussi des soldats qui piétinaient autour de leur canon sur la rive, le jour de l'assaut désespéré. Sa guerre à lui était désormais ce piétinement dans la neige ou la boue, il finit par ne plus s'attendre à des faits d'armes glorieux, à des exploits éclatants. Se résigna à étudier la rude mécanique des combats. Bientôt, un regard lui suffisait pour évaluer l'acier des blindés qu'il visait. À l'oreille, il reconnaissait le calibre du canon qui tonnait, les sifflements variés des obus. Les distances, les trajectoires acquirent une densité palpable, inscrite dans l'air qu'il respirait.

Et puis, parfois, toutes ces connaissances devenaient dérisoires, comme ce soir-là, à l'issue d'un engagement. La fusillade s'était tue, ses camarades roulèrent leurs cigarettes et soudain l'un d'eux tomba, petite marque rouge au-dessus de la tempe : un éclat perdu. Aucun but glorieux ne rachetait ce jeune visage figé, cette présence unique se muant, sous leurs yeux, en matière morte. Oui, il apprit aussi cette leçon-là : à la guerre, les plus éprouvants sont les moments de paix car un homme tué étendu dans l'herbe fait voir aux vivants le monde tel qu'il serait sans leur folie. C'était un jour de printemps, le combat avait eu lieu près d'une forêt aux sous-bois blancs de merisiers en fleur et de muguets.

Il fut affecté sur le front qui défendait Leningrad. Puis envoyé sur la Volga, dans une ville qui devait coûte que coûte triompher car elle portait le nom de Staline. Dans cette bataille, une balle le toucha au visage : la joue gauche tailladée et marquée comme d'un petit rictus. « Avec moi on n'est jamais triste », prit-il alors l'habitude de plaisanter.

Un an plus tard, dans la gigantesque bataille de Koursk, Volski devint méconnaissable.

Il avait déjà vu l'enfer que pouvait être une journée de guerre, une belle journée de printemps. Mais avant, c'étaient des enfers maîtrisés par les hommes. Cette fois, l'œuvre échappa à ses créateurs. Au lieu d'une offensive avec la course des fantassins et la canonnade à l'appui, ce fut un monstrueux affrontement de milliers de chars, de hordes de tortues noires, cognant leurs carapaces, vomissant le feu, éjectant de leurs coquilles en flammes des êtres flambant comme des torches. Le ciel fumait, l'air empestait les rejets des moteurs. Aucun bruit ne survivait à des explosions et au grincement du métal surchauffé. Avec ses camarades artilleurs, Volski se trouva coincé contre les restes d'une fortification, ne pouvant ni reculer ni vraiment tirer : les duels de chars se passaient trop près, trop vite, il aurait fallu manier le canon avec la dextérité d'un revolver. Ils tentèrent quand même leur chance, touchèrent la tourelle d'un Tigre, mais en oblique, et reçurent en réponse une rafale de mitrailleuse. Une lourde tortue noire venait de les repérer. Le regard fixé sur les manœuvres de la bête, Volski fit signe à ceux qui, dans son dos, devaient apporter l'obus. Personne ne bougea. Il se retourna : un servant tué, un autre assis, le visage sous une coulée rouge, un hurlement rendu muet par le bruit.

Ce fut alors la lenteur du mauvais songe, bien connue de lui, où chaque geste semblait prendre de longues minutes. Un obus à retirer de la caisse (sa lourdeur lisse de jouet qui s'endormait entre les mains), le transporter, l'installer dans la culasse, charger, commencer à viser… Des secondes interminables pendant lesquelles le canon du char s'abaissait vers lui, comme si, par plaisir, le tireur prenait son temps. Aucun enfer ne pouvait être aussi torturant.

Ce qui se passa allait se reconstituer plus tard, quand, à la nuit tombante, il serait capable de se souvenir, de comprendre. Il n'eut pas le temps de tirer, et pourtant la tourelle du Tigre éclata en dispersant les corps tassés dans son habitacle. La violence de l'explosion jeta Volski à terre et, en une fraction de seconde, il aperçut la carapace anguleuse d'un autre monstre, un énorme canon automoteur, le fameux SU-152, ce tueur de chars qui venait de lui sauver la vie…

Le soir versa une pluie assoupie. Avec l'ouïe retrouvée, il entendit le sifflement de l'eau sur le métal incandescent des blindés. Des gémissements dans la plaine encombrée d'engins noirs. Des paroles, en russe, laissant comprendre à qui revenait la victoire dans ce choc d'acier.

Et soudain, surgie de la pénombre, cette silhouette chancelante : un tankiste allemand qui, sans doute abasourdi, s'en allait à l'aveugle au milieu des carapaces. Volski dégaina, visa… Mais ne tira pas. Le soldat était jeune et paraissait indifférent à ce qui pouvait lui arriver après l'horreur qu'il venait de vivre. Leurs regards se croisèrent et, malgré eux, ils se saluèrent. Volski rangea le pistolet, le tankiste disparut dans le crépuscule d'été.

La nuit fut brève et vers trois heures du matin, une pâleur cendrée éclairait déjà les environs. Il se leva, monta sur un muret de la fortification. La plaine se découvrait jusqu'aux confins brumeux de l'horizon. Et toute son étendue disparaissait sous l'armure noire des chars enchevêtrés. Une présence humaine se devinait dans ces ténèbres métalliques : l'attente des blessés, Russes ou Allemands, dans la touffeur irrespirable des tourelles. Des brûlés, aux plaies sans espoir, et dont les yeux pouvaient voir ce ciel que la pluie venait de quitter, cette constellation en aplomb au-dessus de ce... Il pensa « cet enfer », mais le mot parut inexact. L'enfer débordait de petits bourreaux désireux de faire souffrir les déchus. Ici, les blessés attendaient la mort dans la solitude d'un cube d'acier, serrés contre les corps des camarades tués.

Il se surprit à ne pas séparer les blessés russes et allemands. L'enfer créé par les hommes... Troublé par une vérité qui le dépassait, il se hâta de revenir vers un jugement plus tranché : l'ennemi venait d'être battu et ces Allemands qui crevaient dans leurs chars l'avaient mérité... Pourtant, ce regard sur la souffrance de tous les hommes n'était pas facile à effacer. Volski y devinait une grande et terrible sagesse qui le courbait sous une expérience de très vieil homme. Dans Leningrad assiégée, il lui était déjà arrivé de voir les vies humaines comme une seule vie commune et c'était peut-être ce regard qui lui donnait de l'espérance.

Avant le lever du soleil, il entendit, en sonorité un peu mate, les brefs appels répétés d'un oiseau. Un chant humble, terne mais qui résonnait pour tous les vivants et les morts.

Le soldat qui aida Volski à transporter les corps de ses camarades le salua d'un insolite : « Allez, bon courage, grand-père ! » Grand-père ! Volski sourit, se disant que l'autre, du même âge que lui, bredouillait un peu n'importe quoi, vidé par la nuit sans sommeil. Il allait oublier ce salut incongru quand l'infirmière qui lui faisait un pansement au poignet conclut : « Voilà, grand-père, comme ça vous êtes fin prêt pour une nouvelle bataille. » Il poussa un rire et vit dans les yeux de la femme un reflet de doute. Sur le mur de l'infirmerie était fixé un miroir. Il s'approcha… Et plaqua une main sur sa tête, comme pour la cacher. Ses cheveux étaient blancs, de ce blanc neigeux que portent, élégamment, certains vieillards.

À partir de ce jour-là, il cessa d'écrire à Mila. Le blocus de Leningrad continuait et Volski savait ce que cela signifiait pour une femme qui le vivait depuis deux ans déjà. Il pouvait imaginer la ville assiégée en été, ces milliers de maisons remplies de cadavres… Aucune lettre de Mila ne lui était parvenue : le courrier forçait rarement les mailles du blocus. Et puis comment le retrouver, lui, dans ses déplacements d'un front à l'autre ? Évoquer toutes ces raisons l'aidait à croire Mila toujours en vie.

Le lendemain de la bataille de Koursk, quand il se vit dans le miroir, à l'infirmerie, toutes ces suppositions postales devinrent sans objet. Ce vieillard au visage étrangement jeune et marqué d'un léger rictus était un autre homme.

Cet homme reprit la guerre presque avec sérénité en se disant que celui qu'il avait été n'existait plus, un peu comme s'il avait été tué. Cet effacement de l'espoir fit de lui un bon soldat. Pas de lettres, pas d'attente de lettres, nul attendrissement qui, à la guerre, est la cause fréquente de l'inattention et donc de la mort. Il se souda au canon qu'il servait, devint efficacement mécanique, impassible, avare de mots. Et à la longue, disparut même sa surprise devant les jeunes gens qui l'appelaient « grand-père ».

Autre, il l'était aussi dans ce que, jadis, il considérait comme sa nature profonde, son rêve, son talent : le chant. Il lui arrivait de chanter en chœur avec ses camarades, pendant une halte, ou bien en marchant dans une colonne qui trompait sa fatigue par des refrains enjoués. Ces chansons lui plaisaient, elles exprimaient la vérité immédiate de la guerre. La banalité de la mort, l'insouciance d'une journée d'été, l'odeur de l'herbe à l'orée d'une forêt, une poignée de baies vite ramassées entre les arbres et, de là, un coup d'œil sur la colonne de soldats et cette pensée donnant le vertige : « Je ne suis plus parmi eux, je suis dans cette forêt, il y a ces fleurs, le grésillement sommeilleux des abeilles… » Et il courait pour reprendre sa place parmi ces hommes qui chantaient en allant vers la mort.

La rapidité avec laquelle leurs visages éclairés par un chant s'effaçaient dans les tueries quotidiennes, cette facilité de rayer un être humain, était la seule réalité qui ne cessa jamais de troubler Volski. Et c'est grâce à ces chœurs que sa mémoire retint les traits de tant d'hommes disparus. Avec son oreille de professionnel, bien que malmenée par l'artillerie, il se rappelait leurs voix (belles, sourdes, touchantes dans leur zèle ou naïvement téméraires) et ces sonorités faisaient renaître un regard, un sourire. Ces vies emportées par la guerre survivaient dans le chant.

Il en vint à ne plus aimer les grands airs d'opéra dont il rêvait autrefois. Il trouvait à présent faux tous ces Boris Godounov tonitruants qui, au comble d'une extase tragique, dardaient leur barbe pour mieux expulser les vibrations de leur puissance vocale. Risibles aussi ces légionnaires dodus de l'opéra italien, faisant tinter les écailles de leur armure de laiton. Ou encore ceux-là, en frac, la poitrine bombée par une virilité de coq triomphateur.

Non, sa passion pour la magie théâtrale était toujours vivace. Mais après ce qu'il avait vécu à Leningrad, et plus tard dans la bataille de Koursk, il s'interrogeait souvent sur le but de ces spectacles. Plaire ? Émouvoir ? Distraire ? Caresser les oreilles des femmes aux épaules nues et des hommes aux chaussures vernies, ces couples qui, après l'opéra, se retrouveraient au restaurant, commentant les performances d'un légionnaire ou d'un coq en frac ?

Parfois, entre deux combats, assis le dos contre l'affût de son canon, il se mettait à chantonner tout seul, d'un chuchotement que personne n'entendait. C'étaient d'habitude les airs de d'Artagnan.

La fin de la guerre le trouva dans les environs de Berlin, sur une berge d'étang lacérée par des chenilles de chars. Avec deux autres soldats, il était en train d'installer la batterie quand la nouvelle de la victoire leur parvint. Il se redressa et vit ce qu'il avait déjà vu, le jour de son dernier concert, près de Leningrad : une rive, des soldats collés à un canon, la survie suspendue à la rapidité des tirs. La boucle est bouclée, pensa-t-il en souriant aux soldats qui hurlaient leur joie. « Ça y est, grand-père, maintenant, on va boire un coup et vite à la maison ! »

Il se dit que ses cheveux blancs n'étaient qu'une marque cocasse de la durée démesurée qu'avaient les années passées à la guerre. Les histoires humaines s'effaçaient si vite dans la mort, les villes défilaient si nombreuses que l'impression d'avoir rapidement vieilli n'était pas si fantaisiste que ça. Une boucle bouclée et, à l'intérieur d'elle, toute une vie. Sa vie.

Durant ces premiers jours de paix, il pensa parfois à Mila, imaginant ce qu'elle aurait éprouvé à rencontrer ce jeune homme aux cheveux blancs. Leur passé semblait appartenir à une lointaine jeunesse vécue par un autre. Oui, par celui qui, déguisé en mousquetaire, avait embrassé, sur scène, une jeune héroïne fraîchement sortie d'un couvent. Il se disait alors que le seul lien qui les unissait encore était le vieux livret d'une opérette démodée écrite par un auteur oublié.

« À vous, ma bien-aimée, je vais confier mon rêve… », chantonnait-il doucement dans le train qui le ramenait vers la Russie. Ses compagnons de voyage le prenaient pour un vieux soldat d'humeur joyeuse.

En allant dans son village natal, au sud de Smolensk, il n'espérait pas retrouver un passé où revivre. Cette partie de la Russie avait été dévastée d'abord par l'armée rouge qui reculait et ne voulait rien laisser à l'ennemi, puis par le pilonnage de l'aviation, enfin par les Allemands qui se retiraient en incendiant tout ce qui avait résisté aux bombes. De sa rue (une suite d'isbas calcinées) restait juste ce vieux clocher d'église, « sauvé par miracle », lui dit une vieille qu'il interrogeait sur le sort des habitants, de ses parents à lui. Un miracle… Il ne prit pas la peine d'expliquer que le clocher était un bon repère préservé par ceux qui avaient visé le nœud ferroviaire voisin. Les survivants avaient besoin de croire aux miracles. Il y en avait un d'ailleurs dans le jardin de sa maison détruite : un cerisier cassé en deux mais dont les branches avaient repris, saupoudrées de minuscules fleurs neigeuses.

À Leningrad, la chambre qu'il louait autrefois était occupée. Sa nouvelle logeuse annonça : « Avec vous, je suis tranquille, ce n'est pas comme ces jeunes avec du vent dans la tête. J'accepte seulement les personnes d'un certain âge… » Volski fut étonné de voir qu'après tant de morts, les appartements étaient bondés, puis il comprit que les gens venaient des villages environnants rasés par les combats. « Alors, cette guerre, finalement elle ne vous a pas trop abîmé, poursuivit la femme. Et maintenant, avec vos médailles, vous allez être tout beau ! » Volski haussa les épaules : que répondre à ça ? Pour ne pas sembler impoli, il bafouilla : « Des médailles, je n'en ai pas tellement. Dans l'artillerie, on est toujours derrière les autres… » Ses paroles lui parurent stupides, parler de la guerre n'était pas aisé. Et que dire d'ailleurs ? Ces chars dont l'acier surchauffé laissait entendre un sifflement sous la pluie ? Leurs tourelles où expiraient des blessés, russes et allemands ? Expliquer que sa plus grande joie, au front, ce n'étaient pas ces petits disques de médailles mais une poignée de fraises des bois cueillies à la va-vite avant de retourner dans la colonne de soldats ? Et que son plus grand effroi avait duré à peine quelques secondes : un canon de char le fixait, prenant plaisir, on eût dit, à faire peur ? Et que ces secondes avaient fait de lui ce jeune vieillard, très recommandable aux yeux d'une logeuse ? Non, ces choses, si vraies, étaient impossibles à avouer.

Volski se souvint de s'être déjà senti ainsi muet : avec Mila, dans la ville assiégée.

Il alla voir la maison où elle habitait. L'immeuble restait debout mais le caprice d'un bombardement avait détruit l'escalier entre le rez-de-chaussée et le premier étage. Les gens pénétraient chez eux à l'aide d'échelles. Personne ne connaissait Mila. Il s'agissait surtout de provinciaux venus de leurs villages en ruine.

Grâce à eux, la ville semblait rajeunie. Les Léningradois qui avaient enduré le blocus se faufilaient, silencieux et pâles, au milieu de cette foule disparate. La variété des visages féminins enivrait. On se parlait plus facilement, on souriait plus, tout le monde était pressé de renaître dans une rencontre, dans un regard échangé. Volski n'avait jamais engagé autant de conversations avec des inconnus, avec des femmes. Un jour, il parla à deux étudiantes rencontrées au café Le Nord… Tout était surprenant dans ce doux bavardage : la salle qui n'avait pas changé, ces filles rieuses, la légèreté avec laquelle il aborda la guerre, en crânant, en racontant que parfois un obus touchait un vol de canards et qu'alors, quel festin ! « Vous avez une voix si jeune… », dit l'une d'elles et il intercepta un coup d'œil sur ses cheveux blancs.

Le lendemain, il passa chez un coiffeur. On lui proposa six coloris au choix, il préféra le noir. Pendant que le blanc s'estompait sous des mèches sombres, il pensa à Mila. « Elle est morte, sans doute », se dit-il avec la brutalité apprise à la guerre. Et il sentit que l'idée tuait quelqu'un en lui. « Non, pourquoi morte ? Elle s'est mariée et vit peut-être tout près d'ici. Et puis, qu'est-ce qui nous lie encore ? Un baiser dans une opérette. "À vous, ma bien-aimée…" Déjà avec mes cheveux blancs, elle ne m'aurait pas reconnu, mais là, avec cette tête de

Maure ! » Il réussit à retrouver l'humeur badine qui l'animait la veille, en compagnie des deux étudiantes.

Un samedi, il alla à l'opéra Kirov. Avant de monter prendre sa place au balcon, il se regarda, furtivement, dans les glaces. Ses cheveux, un peu trop brillants, ne paraissaient pas pour autant teints. Il éprouvait juste comme une raideur de perruque sur le haut du front. Sinon, un homme jeune, fier de l'éclat d'une lourde étoile rouge fixée au-dessus de son cœur.

Il y avait dans la salle beaucoup d'uniformes blindés de décorations, des habits bien coupés, difficiles à imaginer sur les routes boueuses de la guerre. « Des costumes de théâtre… », pensa Volski étonné par le tranchant de la comparaison. Des galons d'officiers, le brillant des bottes qui reflétaient le scintillement du grand lustre, des regards pesants, satisfaits… Des regards de vainqueurs, se dit Volski et, inexplicablement, il se sentit hors de ce camp-là. La blancheur de la peau que découvraient les toilettes féminines le frappa comme une carnation oubliée…

L'opéra (c'était *Rigoletto*) effaça et son anxiété de faux brun et la parade des uniformes. Un étrange instrument de perception sonore, fait de ses cordes vocales, de sa mémoire s'éveilla en lui. Il écoutait en chanteur. Et, à un moment, crut deviner la respiration du roi.

Sa concentration était telle que lorsque, dans sa pensée, résonna ce regret : « J'aurais pu aussi… », il tressaillit, sûr que la parole venait de ses voisins.

Les applaudissements le sortirent de sa plongée. Il imita les autres, mais ses mains lui semblèrent aussi fausses que ses cheveux noirs.

Son attention baissa. Il voyait à présent ce que beaucoup d'autres spectateurs voyaient sans l'avouer : des comédiens travestis qui en roi, qui en victime de sa concupiscence, des personnages chantant des airs tantôt tristes tantôt guillerets. Tout cela était observé par des hommes engoncés dans leurs uniformes et par des femmes qui, sans doute, souffraient des chaussures étroites mises pour l'occasion. Et par un idiot qui s'était teint les cheveux avec l'espoir de plaire à ces femmes… Volski souriait à ce pointillé de pensées qui faisait oublier le malaise d'une phrase : « J'aurais pu aussi… »

À un moment, le roi chanta : « Je suis un pauvre étudiant ! » Il venait de se déguiser pour mieux suborner l'héroïne. C'était un comédien d'âge mûr, d'une stature corpulente, au visage gras fortement grimé de rose. Ses cuisses charnues sous un fin tricot beige dégageaient une volupté ambiguë. Un étudiant pauvre ! Volski baissa la tête pour cacher son sourire, frotta son menton, toussa… Mais le rire bouillonnait déjà dans ses poumons, remontait vers la gorge. Des « chut » chuintèrent, il se couvrit le visage, enfonça ses ongles dans ses joues et, ne pouvant rien contre cette explosive hilarité, se fraya un passage vers la sortie, écrasant des pieds, heurtant des genoux, poursuivi de coups d'œil courroucés… Les applaudissements jaillirent comme pour saluer le départ de ce malappris.

Dans la fraîcheur des vestiaires, son rire se calma. Une employée le regarda avec compassion : ses yeux étaient rouges de larmes. Dans ses esclaffements il y avait aussi de la tristesse. Un quinquagénaire aux cuisses grasses qui se fait passer pour un étudiant… C'est ainsi qu'auraient, sans doute, perçu la scène ses camarades de régiment, ces soldats qui chantaient en marchant vers la mort.

Il était sur le point de quitter le théâtre quand l'écho des applaudissements se renforça (quelqu'un venait d'entrebâiller une porte). Volski imagina des rangées de beaux habits et de tenues de soirée, la vigueur de ces mains animées de claquements. Le souvenir des spectacles pendant le blocus lui lacéra la mémoire : une salle éclairée de quelques bougies, le froid atroce et ces ombres humaines qui, n'ayant plus la force d'applaudir, s'inclinent pour remercier les comédiens… Il resta immobile, les yeux fermés, en vérité ouverts sur ce passé dont il comprenait désormais la déchirante beauté.

Dans ce reflet d'autrefois, il retrouva une adresse oubliée : le foyer d'ouvriers où leur troupe avait logé pour être près des soldats à qui on chantait « le chaud soleil du Midi ».

La route menant à ce faubourg remontait le temps. Le centre-ville avait déjà effacé bien des meurtrissures. Mais plus on s'éloignait de la Nevski, plus l'empreinte de la guerre était sensible. Il vit même un char allemand, les chenilles brisées, qui pointait son canon sur les voitures qui passaient.

L'immeuble du foyer paraissait rafraîchi grâce au linge qui pendait aux fenêtres. Les chambres avaient été investies, devina Volski, par la marée des kolkhoziens qui fuyaient les villages détruits.

Il chercha quelqu'un qui pourrait le renseigner. Sans grand espoir d'ailleurs : pourquoi Mila serait-elle restée ici, au milieu de tous ces nouveaux arrivants ? Sur un banc était assise une femme blonde, Volski voulut l'aborder mais sa posture rappelait celle d'une dormeuse, le menton touchant la poitrine, les mains abandonnées… Deux adolescentes jouaient à la marelle sur un bout de macadam. À sa question, elles pouffèrent, se détournant de lui et bredouillant : « On ne sait pas où elle est… » Perplexe, il alla interroger une ménagère qui accrochait des draps sur une corde. Elle le regarda avec animosité et lâcha : « Vous pourriez quand même attendre la nuit, pour vos affaires ! C'est du joli, ça, bientôt ils viendront en plein jour ! » La riposte était si inattendue que Volski recula sans essayer d'obtenir des éclaircissements. Un homme âgé qui lisait son journal devant une entrée lui fit à peu près le même accueil mais sur un mode paterne : « Va plutôt dans un dancing, il y a tant de belles filles à embrasser… »

Dérouté, Volski contourna l'immeuble, ne sachant s'il s'agissait d'une erreur sur le nom ou d'une méfiance due à… Il lissa ses cheveux, se dit qu'on le prenait peut-être pour un Tsigane. Tout cela paraissait de plus en plus mystérieux.

Il traversa la cour et se posa sur le banc occupé par la femme blonde. « Une blondasse », pensa-t-il tant cette chevelure était mal soignée. Il hésita, toussota, lança un « bonsoir » d'une gaîté exagérée. La femme somnolait, et semblait ne pas remarquer sa présence. Sans doute éméchée, elle laissait entendre une suite de geignements tristes. Il restait à côté d'elle, indécis, se disant ce qu'on se dit dans ces attentes incertaines : juste après mon départ, Mila viendra.

La vie de l'immeuble l'étonnait par sa routine casanière. Quelques mois après la fin de la guerre, ce linge entre deux arbres, le chuintement de l'huile dans une poêle, les pleurs d'un enfant, un tango bégayant sur un disque rayé. Un soir de dimanche, comme s'il n'y avait pas eu ces rues balisées de cadavres, ces villes transformées en dentelles noires…

Un long bâillement d'aise se fit entendre de la fenêtre ouverte du rez-de-chaussée. Volski sentit la douleur mate dont l'atteignait cette vie régénérée. L'arrogance du bonheur, l'indifférence vigoureuse des vivants. Ce monde-là lui était étranger tout comme, la veille au théâtre, le parterre rempli d'uniformes de parade. « Le monde des vainqueurs… » Oui, le gagnant est celui qui sait oublier plus vite et plus dédaigneusement que les autres.

Le soir tomba, douce transparence argentée des nuits du Nord. La « blondasse » avait changé de position et maintenant, la tête tombée sur une épaule, elle chuchotait des bouts de phrases rythmés, pareils à des comptines. Un visage épais, rougi par le soleil et le vin, des mèches décolorées tombant dans les yeux, un reste de maquillage flou. Il éprouva un certain apitoiement, presque de la sympathie. De telles femmes, il en avait connu quelques-unes au front, une tendresse amère au milieu des massacres, des étreintes fausses et en même temps si vraies car l'amant n'emportait que cela en partant vers la mort. Des femmes perdues... Des vestiges de guerre, pensa Volski, cette « blondasse », et aussi ce char allemand aux chenilles brisées. « Et moi... », admit-il.

Il se leva, voulut dire au revoir et soudain se figea, tendit l'oreille. Ce que la femme murmurait lui parut connu. Non pas les paroles mais la voix elle-même ou plutôt la qualité de cette voix. Ce fredonnement chuchoté à travers l'ivresse n'avait pas varié et pourtant sa modulation frappait par la justesse des nuances. « Elle a appris le chant... », eut-il le temps de penser et déjà avec une vivacité qui lui coupa le souffle, ce timbre assourdi se mit à tracer un visage douloureusement préservé par la mémoire.

La femme entrouvrit les yeux. Son expression obtuse laissa transparaître, comme une décalcomanie, des traits tout autres, puis se reforma en pâte de somnolence et de dégoût. Celle dont Volski gardait le souvenir était une survivante au corps flageolant, aux grands yeux enfoncés dans l'encre des orbites, au crâne anguleux qui saillait sous la peau... La femme qui reprit son chuchotement avait des traits enflés, le corps de ceux qui, après la famine, mangent trop. Et pourtant, l'ancien visage surgissait, par intermittences, dans un frémissement de lumière.

Il lui prit la main et prononça sur un ton volontairement neutre : « C'est moi. Tu me reconnais ? » Elle retira sa main, le fixa d'un regard trouble, joua maladroitement la dignité offusquée : « On ne me tutoie pas ! Je ne suis pas n'importe qui, moi ! » La voix était à la fois vulgaire et désarmée. Il vécut alors un bref moment d'hésitation : profiter de cette rebuffade et partir ? Rejoindre le monde des vainqueurs... Il s'écarta du banc et vit le visage de la femme s'éteindre, s'empâter. Le dessin des traits devinés se noya dans la lourdeur du renfrognement. Ses paupières s'abaissèrent, le menton piqua dans la poitrine.

Déjà éloigné de plusieurs pas, il se retourna. À travers le crépuscule, il vit une femme toute seule sous un ciel qui semblait n'être là que pour elle. Aucun bruit, comme si les habitants de l'immeuble avaient quitté les lieux. Des arbres immobiles. Cette femme dans une nuit où tout vivait en attente. Et où aucune pensée ne pouvait être cachée.

Il revint vers le banc, s'accroupit et chantonna tout bas, telle une berceuse : « À vous, ma bien-aimée, je vais confier mon rêve... » Son souvenir lui souffla la suite des paroles. Il murmura un peu plus fort et ne fut pas étonné quand les lèvres de la femme lui répondirent. Ses yeux étaient fermés, elle souriait doucement, laissant chanter cette autre qui s'éveillait en elle. Volski l'aida à se lever. Elle marcha à côté de lui, toujours plongée dans sa mélodieuse léthargie.

Quelques heures de cette nuit claire suffirent à Mila pour dire ce qu'elle avait vécu après leur dernier concert. Si, en racontant, elle avait pleuré, crié sa détresse, le récit aurait sans doute été moins dur à entendre. Mais elle disparut derrière un paravent et, une minute plus tard, Volski vit une femme qui ressemblait peu à la « blondasse » avinée de tout à l'heure. Son visage fouetté d'eau froide s'affina, ses cheveux tirés sur la nuque donnaient à ses traits l'air de celle qui fait face à un vent nocturne, puissant et glacé. La trace d'une vieille cicatrice marquait le haut de son front. Sur un mur, il remarqua plusieurs dessins, sans doute faits par des enfants, et ce croquis : une femme brune, un visage très maigre, de grands yeux sombres... La femme qui s'assit devant lui rappelait ce dessin.

Ils n'allumaient pas, se contentant de la luminescence bleutée venant de la fenêtre, du rougeoiement du petit réchaud sous une bouilloire (tous les deux appelaient la simple eau bouillie « thé », car c'était le « thé » qu'on buvait durant le blocus : ce mot devint leur premier signe de reconnaissance).

« La dernière fois, on s'est vus en décembre, oui, à notre concert… Et puis, c'est devenu pire qu'avant… »

Elle parlait calmement, sans un soupir, sans larmes. « Pire qu'avant, répéta-t-il mentalement. Non, pire était juste la mort. Et nous sommes restés vivants. » Il voulut le dire pour que la voix de Mila se détende, mais la ville agonisante qu'il avait connue s'élevait déjà dans ce récit et plus elle parlait, plus il se rendait compte qu'il ne connaissait pas tout, pas cette frontière-là, d'au-delà de la vie.

Rien n'était, pourtant, nouveau dans les souvenirs de Mila : deux millions d'êtres humains qui attendaient la mort dans une ville à l'architecture féerique. Il voyait cette jeune femme sortant d'un hôpital, un bandeau de pansements sur le front, et qui entreprenait une longue traversée de Leningrad pour retrouver l'appartement qu'ils avaient quitté une semaine auparavant. Il fallait imaginer sa faim, ses tentatives de rallumer le feu et même, peut-être, son attendrissement à la vue d'une écharpe à lui, accrochée à un clou sur la porte.

Rien de surprenant non plus dans l'existence de ces enfants venus chez Mila, pendant les grands froids de janvier. D'abord, ces jumeaux âgés de dix ans, un frère et une sœur dont la mère venait de mourir. Puis un enfant bien plus jeune, cinq ans peut-être, qui se taisait obstinément de jour, mais poussait des cris d'horreur dans son sommeil. Un autre, aux cheveux d'un roux vif, au surnom de « Mandarine » et qui, à huit ans et demi, se vantait de s'être évadé deux fois de son orphelinat. « Et maintenant, c'est l'orphelinat qui est parti en *écuvation* et moi, on m'a oublié… » Mila devinait qu'il avait profité de l'évacuation pour filer encore une fois. La vitalité de ce Mandarine était déconcertante, tout comme sa permanente bonne humeur. C'est lui qui avait appris aux autres à manger du soleil. Les enfants, affamés, s'asseyaient en rang face à la fenêtre tapissée de givre, ouvraient la bouche, mordaient dans la lumière qui éclairait leurs visages blêmes, faisaient mine de mâcher, d'avaler… Il y eut aussi, parmi ces enfants perdus, un adolescent à la peau transparente, aux paupières toujours un peu baissées, parlant avec un grand effort. Cet air exténué collait mal avec son prénom énergique d'Edward. Mila remarqua que d'habitude évanescent, il devenait très vigilant au moment où l'on partageait leur ration de pain, soucieux d'obtenir un peu plus que les autres… Presque chaque semaine, un enfant venait rejoindre la « famille ». À la fin du mois de janvier, Mila ramena de la rue deux fillettes dont l'aînée portait sa sœur, comme une mère eût porté son bébé.

Peu de temps après, leur petite tribu déménagea. Mila décida de loger les enfants dans ce foyer d'ouvriers vide à la périphérie de Leningrad. On bombardait bien plus le centre de la ville, négligeant les faubourgs. Le bois de chauffage était facile à trouver dans ce grand bâtiment désert. Mais surtout, sur la route longeant le quartier, on pouvait quémander du pain aux soldats qui allaient au front ou en revenaient.

Comme la vie de chacun dans cette ville mourante, leur existence tenait à quelques degrés de froid supplémentaires, à une chute dans la rue, juste avant de récupérer sa tranche de pain, à un surcroît de fatigue qui brisait soudain le corps. Et avant tout, au hasard de ce bout de nourriture qui pouvait être jeté, ou non, d'un camion militaire. Oui, un petit à-coup suffisait pour menacer la survie de sa « famille » qui comptait déjà seize enfants.

Ce ne fut pas un seul à-coup mais un enchaînement de faits qui, réunis, devinrent, ce jour-là, fatals. En revenant de la ville, Mila glissa et se tordit la cheville. Le lendemain, elle ne put aller demander du pain au bord de la route. Dans la nuit, après une semaine de dégel, l'hiver se déchaîna en tempête, recouvrant d'un mètre de neige les sentiers qui reliaient le foyer au reste du quartier. Plusieurs de ses enfants ne se levaient plus et seul Mandarine restait vif et rieur. Il l'aidait à allumer le poêle et criait aux autres : « Venez, bougez un peu, gros feignants ! Je vais vous montrer comment on peut manger du feu… » Certains, ranimés par son énergie, se traînaient vers le poêle, l'imitaient, la bouche ouverte pour mordre dans la chaleur soufflée par les flammes.

« Il est increvable, celui-là », pensait Mila en suivant la tête rousse de Mandarine qui surgissait tantôt dans l'entrée, tantôt dans leur dortoir installé autour du poêle.

Et pourtant c'est lui qu'elle retrouva, un soir, étendu dans le couloir, le regard fixe, le corps glacé. Il respirait par hoquets puis, transporté près du feu, réussit à chuchoter : « J'ai dans ma poitrine des cloches qui sonnent... » Les dernières miettes de pain avaient été mangées la veille.

Elle sortit et, au bout d'une heure de piétinement dans la neige, parvint jusqu'à la route. Pour la première fois elle n'eut pas la force de rester debout, s'affala près d'un poteau, attendit, ne sentant plus ni ses mains dans les moufles ni ses pieds gelés dans les bottes de feutre. Un camion surgit, elle se précipita, lui barra le chemin, décidée à arracher ce qu'il y avait à manger chez ceux qu'il ramenait du front. Le chauffeur sauta du marchepied, avança à travers la bourrasque, voulut frapper cette ombre qui lui faisait obstacle. « Seize gosses, rien à manger depuis deux jours... », bafouilla-t-elle. Le soldat répondit d'une voix écharpée par le vent : « Cinquante-deux cadavres dans le camion. On mange des chevaux morts. Je peux te donner du tabac, rien d'autre... »

Le matin, elle put rapporter de la ville quelques tranches de pain. Chauffa de l'eau, s'apprêta à y jeter des croûtons pour faire une bouillie destinée à toute la maisonnée... Pendant qu'elle préparait les écuelles, le pain disparut. L'enfant qui le mangeait (c'était Edward) ne se cachait pas, posant sur elle le regard d'une bête consciente de sa faute. Elle le gifla, cria des jurons jamais prononcés devant les enfants, pleura. Puis se figea, impuissante, fixant ce jeune visage défiguré par la peur et l'instinct de

survie. Encore en pleine mastication, il renifla :
« J'avais très faim… Mon oncle travaille dans le
système du contrôle du Parti… » Ces paroles la
désarmèrent tant la référence à l'appareil du pouvoir, ânonnée par un garçon de onze ans, semblait
absurde devant la table où traînaient quelques miettes
de pain. Elle savait qu'il mentait. Avec un oncle
haut placé, il n'aurait pas été là, parmi ces enfants
en perdition. Il avait dû entendre la formule dans
une conversation, percer le poids d'autorité qu'elle
recelait, et la répétait comme un perroquet, en espérant un privilège… D'autres enfants, appelés par
l'odeur du pain, étaient en train de picorer les miettes,
dans l'attente du repas.

Le soir, ceux qui pouvaient se lever s'alignèrent
près du feu pour en « manger », d'après ce que leur
avait appris Mandarine. Lui-même, recroquevillé
dans un coin, soufflait de brefs toussotements
comme s'il avait voulu parler et n'y parvenait pas.
Elle s'assit près de lui, rajusta un bonnet de laine
qui avait glissé de sa tête. Il ouvrit les yeux sur un
regard d'abord flottant, puis la reconnut, tenta de
sourire. « Ne t'inquiète pas, Mandarine, demain je
vais aller à la ville, j'apporterai du pain, et même de
la farine peut-être… » Elle s'interrompit car il
plissa les paupières à la manière de celui qui veut
éviter à l'autre un pieux mensonge. Cette mimique
appartenait à un adulte et c'est d'une voix aussi très
adulte qu'il chuchota : « Tante Mila, je vais mourir
cette nuit. Mon pain, vous le donnerez aux
enfants… » La dissonance entre ce petit corps et la
voix grave la fit tressaillir. Elle se mit à houspiller

l'enfant, à le secouer : « Mais qu'est-ce que tu racontes là ! Demain, je vais vous préparer une vraie soupe… » Elle se tut en voyant qu'il avait fermé les yeux pour lui épargner ces encouragements inutiles…

Une demi-heure après, elle était à son guet, à une boucle de la route menant au front.

Le ciel était d'un noir limpide, nettoyé par le grand vent du nord. La route gelée crissait sous ses pas comme du verre pilé. Elle savait que par un tel froid un affamé ne survit pas longtemps. Lui vint l'idée de parvenir jusqu'au campement de soldats, de leur voler du pain. L'idée d'une démente. Ou bien c'est le monde qui était fou, car il y avait cet enfant qui calmement venait de dire : « Je mourrai cette nuit… » Elle se sentait prête à tout pour arracher à ce monde un bout de nourriture. Instinct d'une louve qui se fait abattre en sauvant ses petits. Elle crut même pouvoir traverser la ligne du front et aller demander du pain aux Allemands. Dans son esprit, passa la vision d'un échange : elle apporte à manger aux enfants et puis revient vers les soldats ennemis pour être battue, violentée, tuée, tout cela dans la joie d'une parfaite insignifiance de son corps, de sa vie…

Elle s'arrêta au bout d'une vingtaine de minutes de marche, après avoir trébuché plusieurs fois. Tombée, elle ne saurait pas se relever et le froid figeait déjà ses mouvements. Sans elle, les enfants étaient condamnés. Il fallait retourner. Le ciel constellé était superbe, funèbre. Elle resta quelques secondes le regard plongé dans sa splendeur noire

173

et, faute d'une prière, fit ce vœu : du pain pour les enfants et n'importe quelle souffrance pour moi.

Les phares d'une jeep l'aveuglèrent au moment où elle poussait la porte du foyer. Un officier la héla mais avant de remarquer sa grande carrure et ce manteau déboutonné malgré le froid, elle perçut jusqu'à l'étourdissement la senteur de la nourriture que lâcha sa bouche, une forte odeur d'alcool aussi. « Tu auras un verre d'eau pour moi, ma belle ? Mon âme brûle ! » Il se pencha vers elle et cette haleine d'un homme qui venait de bien manger la prit à la gorge. Elle l'emmena à la cuisine, lui offrit de l'eau, parla des enfants. « Ah, mais ça peut s'arranger, j'ai du saucisson et du pain dans la voiture. Je suis l'homme le plus important de la ville : je fournis Smolny. » Il se fit servir un autre verre d'eau, souffla avec satisfaction et se mit à décrire les vivres qu'il livrait aux dirigeants de la ville.

Mila l'écoutait à peine, imaginant la grande marmite sur le feu, les rondelles de saucisson dans un bouillon épaissi de farine et le joyeux tintamarre des cuillères.

« Je pourrais peut-être avoir aussi un peu de farine », murmura-t-elle, prise de vertige à force de recevoir l'odeur carnée qu'exhalait l'homme.

« Hé hé, tu peux tout avoir, ma belle, grâce à tes beaux yeux ! » Il lui attrapa un bras, la tira vers lui. « J'ai seize gosses ici, plusieurs sont malades… », essaya-t-elle d'expliquer en se dégageant.

« Mais alors, tu ne me fais pas confiance, à moi, officier de l'état-major ! » Il voulut s'emporter puis, déjà gagné par le désir, changea de tactique. « Attends, tu vas le voir de tes propres yeux. »

Il alla à la voiture et revint, chargé d'un sac de toile. D'un geste de marchand, il l'ouvrit devant Mila : deux grosses boîtes de conserve, un paquet de gruau, une miche de pain…

« Tu vois, je t'ai bien dit, quand on est gentil avec moi… » Il l'enlaça, lui souffla dans le visage des mots qui sentaient la mangeaille et l'alcool. Un balbutiement inaudible trémulait en elle, pendant que l'homme la poussait vers un châlit : « Un enfant me disait qu'il mourrait cette nuit, vous devriez avoir honte… »

Non, il ne fallait rien expliquer, juste réussir à ne pas exister, à comprimer la nausée que lui donnait cette bouche puant la satiété, ne pas sentir cette main qui brutalement fouillait son corps… Elle parvint à ne plus être elle-même jusqu'au dernier soufflement de plaisir de celui qui la prenait. Jusqu'à son départ accompagné de ricanements et de promesses.

Elle resta dans cette inexistence en préparant le repas. Les enfants accoururent, mangèrent en silence, se rendormirent. Dans le sac qu'avait laissé le militaire, elle trouva une bouteille d'alcool, but au goulot et, l'ivresse venue, elle s'autorisa enfin à pleurer.

Deux jours plus tard, Mandarine surgit près du feu, rieur comme autrefois. Non, pas comme autrefois. Désormais ses yeux souriaient à travers le voile de la mort.

Un soir, le militaire revint. Et tout se répéta : des vivres contre un quart d'heure d'inexistence. Et l'alcool, à la fin, qui arbitrait vite le débat entre la honte et l'esprit de sacrifice.

Il y eut d'autres visites, d'autres hommes et toujours cette extrême simplicité de l'échange : la survie des enfants assurée par un bref plaisir anonyme. Pendant les tempêtes de mars et le dégel, elle n'aurait pas pu, de toute façon, aller à son guet ni atteindre la ville où il restait de moins en moins de vivants.

Elle ne savait pas quand elle fut chassée de sa vie. Peut-être ce jour-là, en mai, devant un miroir où elle ne se reconnut pas. Ou bien pendant l'hiver suivant : le goût de l'alcool lui devint nécessaire sans qu'il y ait eu une visite nocturne.

En tout cas, la paix revenue, elle était déjà cette autre femme (« une femme de mauvaise vie », disaient les voisins) qui vivait dans une chambre de foyer, dans une bâtisse investie par de nouveaux arrivants. Ses enfants furent placés dans un orphelinat, elle resta seule, enterrée dans un passé où tout lui rappelait le blocus, dans la léthargie de l'alcool qui rendait indifférente la grossièreté des hommes qui venaient chez elle.

Un soir (tout l'immeuble fêtait la victoire sur l'Allemagne), elle était assise près de sa fenêtre et, dans son souvenir envahi d'ivresse, résonnèrent soudain des paroles venant d'une vie détruite : « À vous, ma bien-aimée, je vais confier mon rêve… » Elle sanglota avec une telle violence que même le vacarme de la tablée s'interrompit. Une femme lança sur un ton indigné : « Écoutez-moi ça ! Tout le monde chante de joie et cette traînée ne pense qu'à chialer… »

C'est sans doute à ce moment-là qu'elle devint telle que les gens la voyaient désormais. Peu de temps après, elle décolora ses cheveux sombres et eut même cette pensée apaisante : « Maintenant si je meurs, personne ne pourra me reconnaître. » Elle se rendit compte qu'elle avait très peur de revoir celui qui chantait : « À vous, ma bien-aimée… »

Un papillon de nuit se jeta vers la flamme du réchaud, Volski agita la main pour le chasser – le sauver – et ce geste rompit la fixité que les paroles de Mila leur avaient imposée.

« C'était ça, ma vie, dit-elle d'une voix sans timbre. J'espérais que tu ne me retrouverais pas… Il y a tant de femmes seules maintenant. Les soldats qui reviennent ont du choix…

– Je t'ai retrouvée, tu vois bien. »

Elle sembla ne pas avoir entendu.

« Il m'est arrivé même de rêver que tu étais mort, au combat, et que je connaîtrais ta tombe et que j'y viendrais et que tu ne verrais pas celle que je suis devenue… »

Il sourit malgré lui.

« Désolé, mais je n'ai pas été tué… Quant à toi, tu n'as pas tellement changé…

– Ce n'est pas la peine de mentir, Guéorgui. Tu sais bien ce que je suis devenue. Une pute. »

Il inspira, s'apprêtant à rétorquer, mais lâcha juste un soupir saccadé. Et tout de suite, craignant que le silence ne revienne, parla très vite, avec une fièvre désespérée :

« Bon, d'accord, une pute. Mais dans ce cas-là, je suis un tueur ! Oui, j'ai souvent tué. C'était mon boulot à la guerre. Cette étoile rouge, tu vois, on me l'a accrochée pour me remercier d'avoir assassiné des milliers d'Allemands. J'ai passé quatre ans à tuer des hommes, je cherchais à en abattre le plus possible et quand je me retrouvais devant les tranchées que je venais de pilonner, je voyais une bouillie de sang... Je n'avais pas été fait pour ce métier-là. J'aimais le chant, tu le sais. Et pendant quatre ans, j'ai hurlé des ordres aux soldats pour qu'on tire plus vite et qu'on tue plus. Et puis... un jour, je n'ai pas voulu abattre un tankiste allemand. J'aurais pu le faire, j'étais armé, lui non. Je n'ai pas tiré. Car... »

Sa voix se coupa sur une note aiguë. Et en réponse à ce cri, retentit soudain un tambourinement coléreux dans leur porte et un duo féminin, giclures de jurons et de glapissements, fusa : « Vous arrêtez votre bazar, ou j'appelle la milice ! Cette salope les fait venir maintenant à deux heures du matin... »

La hargne de l'attaque les rapprocha, ce sifflement vipérin les poussa à se lever, dans un geste de défense, les corps portés l'un vers l'autre, les bras esquissant une étreinte.

« Car j'ai compris, chuchota-t-il d'une voix presque joyeuse, que si j'avais tiré sur ce jeune Allemand, alors je serais justement devenu un tueur. Et pour toi, c'est pareil. C'est même encore plus clair… »

Il se tut de peur de briser cette compréhension qui se passa soudain de mots. Non, ce n'était pas la pitié qui l'avait empêché de tuer. Simplement, à cet instant-là, il voyait le monde (et cet Allemand, et lui-même et toute la terre) avec un regard qui était incommensurablement plus grand que sa vue. Le même regard qu'avait la femme qui échangeait son corps contre du pain.

« Je pensais te préparer le lit, mais… », murmura Mila et elle sourit comme si l'idée lui paraissait désormais vaine.

De nouveau, sans rien expliquer, ils comprirent qu'il fallait partir. S'en aller avant que ce monde ne se réveille et ne reprenne une vie dont ils étaient à jamais exclus.

Leurs préparatifs furent brefs. Mila sembla étonnée elle-même du peu de choses qu'elle possédait. Quelques vêtements, trois assiettes ébréchées, une bouilloire. Et les dessins de ses enfants, ces bouts de papier qu'elle décrocha du mur autour du poêle.

Ils sortirent, traversèrent la cour, comme au bord d'une rêverie. Un ciel brouillé de nuages, un vent qui s'égarait dans le froissement ensommeillé des feuilles. Une pièce de layette traînait dans l'herbe, sous une corde où ondulaient des chemises et des draps. Mila la ramassa, l'attacha avec une pince à linge… Ils se retournèrent. Derrière les fenêtres noires, se devinait une étrange innocence : le sommeil de ces gens, si sûrs de leurs vérités, si débonnaires, si durs. Et qui ignoraient ce qu'était ce foyer pour le couple qui s'en allait.

La route suivit les étapes connues : le tournant où Mila attendait les camions, puis l'endroit où leur chœur avait donné son dernier concert… Ils longèrent la rivière. Le ciel au-dessus de son flux commençait à s'éclairer. De temps en temps, il fallait contourner les creux laissés par les bombes. Certains de ces cratères étaient remplis d'eau et déjà hérissés de joncs d'où s'envolaient les oiseaux.

Au moment de dépasser un petit pont affaissé, Mila ralentit, proposa de faire une halte. Et c'est alors que sur la pente de la vallée, à l'écart des toits détruits par un incendie, ils virent une maison intacte. Une isba vide dont la porte était largement ouverte. Un peuplier, haut d'au moins une douzaine de mètres, se dressait entre une palissade en bois et la margelle d'un puits. La pâleur mauve de la matinée donnait l'illusion que les murs étaient transparents et que la maison tanguait doucement, comme une barque, sur la houle des herbes hautes.

IV

Les gens trouvaient très ordinaire la vie de leur couple. Une vieille isba sans électricité, au milieu des ruines ? Mais la moitié du pays vivait ainsi après la guerre. Habillés toujours des mêmes vêtements usés ? Mais il y avait peu d'élégance dans la Russie de ces années-là. Leurs métiers n'avaient non plus rien d'insolite : Mila enseignait la musique à l'école du bourg voisin, Volski trouva un emploi de facteur. On s'habitua vite à leur présence effacée. On voyait la femme pousser tôt le matin la porte de l'école, on notait le passage de l'homme, à vélo, son grand sac rempli de bonnes ou de mauvaises nouvelles. On leur parlait, ils répondaient poliment mais ne se confiaient pas. D'ailleurs, qui se confiait à cette époque où un mot imprudent pouvait coûter cher aux bavards ?

Finalement, le seul trait marquant fut la teinte de leurs cheveux : en quelques mois, de brun, l'homme devint blanc et la femme retrouva ses boucles sombres. Mais cette curiosité étonnait à peine. Les villes étaient pleines de mutilés, de faces défigurées… Un couple banal, oui.

Plus étrange semblait le lieu où ils s'étaient installés. La vallée et les bois sur ses pentes cachaient des champs de mines souvent désignés par des pancartes en contreplaqué, parfois non. Et la terre était chargée de corps de soldats.

L'un des premiers jours après l'emménagement, ils repassèrent à l'endroit de leur dernier concert. Volski s'approcha du courant et, soudain, sous son pied, se fit entendre un bref cliquètement métallique. Il se pencha, fouilla au milieu de tiges… Et retira une cymbale tachée de terre et rongée de vert-de-gris. Mila toucha le disque terni. Le son fit durer une vibration d'échos… La journée était chaude, une belle paresse d'été faite d'oublis et de lenteurs. Ils se regardèrent, le même souvenir au fond de leurs yeux : la fin d'une nuit d'hiver, l'étendue de glace d'où les soldats se lancent à l'assaut. Et ce chant qui défie la mort. Et cette cymbale qui tombe et roule sur la neige, vers la rivière…

Leur vraie vie serait ce voyage invisible à contre-courant du temps des hommes.

Un soir, en repassant à Leningrad, ils montèrent dans l'immeuble que Volski habitait avant la guerre. Sur le dernier palier, la fenêtre laissait entrer le violet du ciel, une étoile brillait à travers un voile de chaleur… Dans la cour, les enfants se bousculaient autour d'un ballon. Derrière la porte d'un appartement communautaire, deux ménagères se disputaient le fourneau. Un couple endimanché descendait l'escalier en commentant une comédie qui venait de sortir au cinéma. La vie… Volski et Mila échangèrent un regard. Oui, la vie qu'ils n'avaient plus à vivre.

Ils repensèrent plus d'une fois à cette liberté de ne pas vivre comme les autres. Un jour, revenus à la ville, ils s'arrêtèrent sous les fenêtres du Conservatoire où ils avaient fait leurs études. Un joyeux tumulte de notes et de bribes de chants se déversa sur eux en un déluge de souvenirs. « Une boîte à musique… déréglée », dit Mila et ils sourirent. Les étudiants qui dévalaient le perron ressemblaient justement aux figurines éjectées de la minuscule scène tournante. De nouveau, Volski et Mila se sentirent délivrés d'une vie qu'ils auraient vécue par erreur.

Une autre boîte à musique, cet opéra qu'ils allèrent écouter un soir. Les acteurs déguisés en soldats chantaient les exploits, l'héroïsme, la mère patrie. L'habileté avec laquelle la guerre avait été mise en scène laissa Volski perplexe. Leur passé restait muet, alors que là, dans un décor pesant sur fond de flammes en carton-pâte, des voix exaltaient la défense de Leningrad en belles arias volubiles. L'apothéose fit surgir un chanteur qui interprétait un dirigeant du Parti. « La vi-i-lle de Lénine ne tom-be-ra ja-a-a-mais ! » chantait-il. C'était un homme grand et gras portant un uniforme trop moulant pour son embonpoint. « Les cuisses du roi dans *Rigoletto*… », se souvint Volski.

Après le spectacle, ils prirent un tramway qui les déposa aux portes sud de la ville. De là, le chemin était familier. Deux heures de marche à travers les routes abîmées par les bombes, puis le long de la berge ensommeillée de la Loukhta. La nuit laissait entendre un bruissement d'herbes sur les rives. Volski murmurait, à l'unisson, les paroles simples qu'il avait chantées, au front, en cheminant dans une colonne de soldats. Leur maison apparut, bleuie par le brasillement sombre du ciel : petite, plantée de guingois sur une hauteur, sous l'immense flèche d'un peuplier.

« Mila en aura bientôt assez de notre masure, pensa-t-il. Elle finira par être jalouse de ces gens, au théâtre, qui rentraient tranquillement chez eux, au lieu de traîner, comme nous, dans les champs… »

Elle s'arrêta, tendit la main vers leur maison. « Regarde, on dirait que quelqu'un nous attend. » Une vitre gardait la dorure de la lune, une lueur discrète et patiente, comme celle d'une lampe que l'on pose pour indiquer la voie dans la nuit.

Dans les mois qui suivirent, ils ne revinrent à la ville qu'une seule fois : quand Mila voulut revoir « ses » enfants. C'était le jour de la première neige.

Derrière la grille de l'orphelinat, des silhouettes semblaient valser, enivrées par la danse des flocons. Mila reconnaissait des visages, chuchotait des prénoms… Un peu à l'écart de ses camarades, se tenait un garçon d'une douzaine d'années et, la tête rejetée en arrière, les yeux mi-clos, il offrait son visage aux tourbillons blancs. Soudain, pris de vertige, il chancela et sa chapka tomba en découvrant des cheveux d'un roux vif, coupés très court. Il la ramassa et, se redressant, aperçut ce couple qui se tenait de l'autre côté de la grille… Mila se détourna, se mit à marcher, la tête baissée, Volski la suivit. Après un silence, il proposa d'une voix incertaine : « Et si on l'emmenait chez nous ? Et les autres aussi… »

Ils n'en reparlèrent pas mais leur maison semblait désormais habitée par cette attente.

Les travaux de déminage avaient débuté en août et durèrent tout un mois. Les sapeurs donnaient l'impression de dénouer autour de la petite isba une large toile d'araignée. Il était frappant de voir combien de tonnes de mort avaient réussi à enfouir les deux armées. Chaque sentier en était farci. Chaque clairière, dans la forêt, piégeait un pas imprudent…

Au moment du départ, l'un des sapeurs les emmena sur le haut de la rive et leur montra une vaste surface bosselée. « Ça, c'est pas des mines, dit-il, c'est des tombes. Mais nous, on n'a pas à s'en occuper… »

Oui, des tombes aménagées à la va-vite juste après les combats. Des petits tertres perdus au milieu des plis du terrain. Ici ou là, un écriteau fixé sur un piquet sauvait un nom, l'unique parole d'une vie, mais la majorité des tertres restaient muets. Plus près de la crête de la berge, on trouvait des ossements recouverts de boue et d'herbes mortes.

Ce qu'ils allaient accomplir se fit, au début, avec des gestes presque désemparés : ce pistolet ramassé dans une tranchée affaissée, un carnet dont il était impossible de lire les pages rongées par l'humidité… Ils ne se donnèrent aucun plan d'action, ne s'imposèrent aucune solennité de circonstance. Tout simplement, jour après jour, ils essayaient d'écarter l'oubli devant ceux qu'ils avaient vus tomber sous les balles, pendant leur dernier concert.

Une fois seulement, ils se demandèrent ce qu'il fallait faire des dépouilles. Car il y eut aussi des restes de soldats allemands. Des casques, des loques d'uniformes, des os, des crânes… La haine était encore âpre, nourrie par les souvenirs de Leningrad étranglée, des villes rasées que Volski avait traversées, par cette immense saignée qu'était devenue la Russie. « Tous ces enfants qui sont morts à cause de lui », pensa Mila en touchant un crâne avec le tranchant de sa pelle. La haine paraissait naturelle comme la respiration. Mais l'air qu'ils inspiraient sentait l'amertume du feuillage roux, la fraîcheur du givre dont les cristaux s'irisaient sous le soleil. Au sol, les dernières fleurs, brûlées par le froid, s'élevaient au milieu des ossements. Et le ciel, pâle et lumineux, répandait une douceur de convalescence.

« Qu'est-ce qu'on va faire de tout ça ? bougonna Volski. On les jette dans un ravin et on oublie ? »

Mila secoua légèrement la tête. « Je ne sais pas… Ils nous prenaient pour des sauvages. Des bêtes à exterminer. Je pense qu'il faudra les enterrer comme on fait pour les nôtres. Avec des noms, si possible. Cela prouvera qu'ils se sont trompés sur notre compte… »

Ils le firent, en allongeant les rangées de tertres, en plantant près de chaque tombe un jeune arbre que Volski rapportait de la forêt. Au début de l'automne, ils apprirent qu'on venait d'ouvrir, à Leningrad, le musée du Blocus. Ils déposèrent là tout ce qu'ils avaient trouvé durant leur travail funéraire : les armes, les documents, les décorations. Et même cette lettre préservée grâce à l'emballage en papier d'aluminium d'une tablette de chocolat. Des paroles de tendresse écrites par un soldat allemand…

Au printemps, le cimetière ressemblerait déjà à un taillis éclairé de jeunes feuilles.

Dans les ruines du village, Volski récupéra beaucoup de bois intact. Rondins, planches, poutres, de quoi agrandir leur bicoque. « Deux grandes chambres de plus », projetaient-ils, imaginant l'installation des enfants. Ce gîte futur se dessinait, dans leur pensée, en un léger tracé de lumière.

Leur vie elle-même ressemblait à une aquarelle très fine, invisible aux autres. Ils donnaient à ce monde ce qu'il exigeait d'eux et, le reste du temps, se laissaient oublier. On voyait Mila sortir de l'école, les manches de sa robe blanchies de craie. On remarquait Volski pédaler dans les ornières des chemins, son sac de facteur au dos.

Et ce jour d'octobre, on les vit courir, le long d'un quai de gare, à Leningrad, d'où partait un train de banlieue, le seul enfin mis en service. Ils le ratèrent de peu, s'arrêtèrent, essoufflés, voyant dans les vitres qui défilaient toutes sortes de regards : moquerie, indifférence, compassion. Personne, pourtant, ne devinait ce que vivait véritablement ce couple qui revint sur ses pas, traversa la ville et la quitta, à pied, en prenant un chemin bien connu.

Personne ne savait qu'ils étaient venus apporter les derniers vestiges que la terre des tombes leur avait rendus. Au musée du Blocus, ils avaient ressenti une grande paix mêlée d'amertume. Les salles qui ressemblaient encore à celles d'un simple entrepôt contenaient un fouillis d'éclats tragiques du passé, de ces années dont il était si difficile de parler. Photos, objets personnels, lettres, cahiers où des enfants qui mouraient de froid dessinaient l'herbe, les nuages d'été… Et le carnet de cet enfant-là qui avait noté la date de la mort de chacun de ses proches.

Au milieu d'une pièce, se cabrait cet avion de la Luftwaffe abattu au-dessus de Leningrad.

La paix qu'ils éprouvaient venait de ces fragments de vérité sauvés de l'oubli. Mais aussi de la dorure des feuilles qui recouvraient la boue du chemin. Ils marchaient, heureux d'avoir manqué le train et d'avancer maintenant à travers une bruine claire qui sentait la fraîcheur des sous-bois. Oui, leur joie venait de cette pensée : malgré l'infinie souffrance condensée dans les salles du musée, il y avait cette journée brumeuse, avec sa lumière mate et ces gouttelettes perlées sur les cils de la femme et le sourire de l'homme, ce bref sourire qui ne se confondait plus avec le rictus de sa blessure.

Personne ne pouvait deviner leur vie qui coulait à travers la fragile persistance de tels instants.

Cette beauté humble n'avait pas besoin des jeux que la fin de la guerre relança. Parades, défilés, discours à la gloire du Guide qui avait mené le peuple à la victoire. Et ce désir, chez les gens, de prendre la meilleure place dans cette fête des vainqueurs.

Ils restèrent à l'écart des bruits. Grâce à leur solitude, à leur amour. Grâce à cette lente sonorité qu'ils perçurent, un jour de décembre, dans la forêt enneigée où ils ramassaient des branchages. Le vent soufflait puissamment au-dessus des hauts sapins mais en bas, assis sur leur fagot, ils ne distinguaient que ce froissement : un amas de neige tombait du sommet des arbres et, glissant d'une branche à l'autre, avait le temps de chuchoter une brève suite de mots. Ils ne parlaient pas, surpris de voir combien le bonheur pouvait être simple, presque pauvre, oui, pauvre en choses et pourtant si plein. Un tassement de neige entamait sa glissade sur les branches, lâchait un rapide chuchotement, tombait. Et le silence de la forêt semblait deviner la présence de la femme qui, les paupières closes, tendait son visage vers la lente voltige des flocons… Des hommes avaient éventré cette terre à coups de tranchées, pensait Volski, avaient enfoui des milliers de mines et puis ils avaient commencé à s'entre-tuer et les massacres avaient duré quatre longues années, et quand ce fut terminé, les survivants ont déterré les mines et quitté les lieux. Et la forêt est redevenue telle qu'elle était avant la tuerie. « Et maintenant, la femme que j'aime ferme les yeux, écoute le vent, des cristaux de neige se posent sur son visage.

Et ce visage ressemble à celui d'une jeune femme brune, très maigre, dessinée par un enfant… »

Ce soir de décembre, pour la première fois, ils essayèrent le grand poêle que Volski avait construit entre les deux nouvelles chambres de leur maison. Le branchage s'enflamma avec une violence joyeuse et ils imaginèrent les enfants de Mila assis, en cercle, les mains tendues vers le feu.

À la fonte des neiges, l'eau vint jusqu'au perron de leur maison et ils rirent quand Volski, sans descendre les marches, lança dans ce flux lent un bout de filet qu'il avait trouvé au grenier. L'air sentait l'écorce humide des aulnes, la tiédeur des murs en bois chauffés par le soleil. Installés sur le perron, ils regardaient le ciel pâlir lentement dans le reflet de la rivière et, de temps en temps, remarquaient la danse des flotteurs au-dessus du filet. Au loin, par-delà les eaux, se dessinait l'autre rive, des fines silhouettes d'arbres qui veillaient désormais sur les tombes.

Tout était là, dans un seul regard. Cette berge où ils avaient vu tant d'hommes mourir. Et la rivière, à présent lente et large comme un lac et dont la glace était alors rayée par le sang d'un blessé qui rampait vers les chanteurs. Et leurs voix mêlées aux cris et aux explosions. Ce passé était encore si proche de ce perron en bois où était assise une femme qui jetait des brindilles dans l'eau dorée par le couchant…

« À quoi bon alors tout cela ? » pensa Volski et il revit, dans sa mémoire, ces hommes qui s'affairaient autour d'un canon. Là, sur cette même berge.

Des hommes qui tuaient ou bien étaient tués. À quoi bon ?

« La défense du pays, la victoire… », les paroles clamèrent en lui leur dure justesse. Toutes ces morts étaient nécessaires. Et souvent héroïques. « Oui, utiles, mais seulement parce que les gens ne connaissent pas ce bonheur-là », se dit-il et il sentit de nouveau approcher une vérité qui embrassait tous les hommes et tous les destins. Le bonheur de voir ces brindilles s'en aller dans le courant éclairé d'un soleil bas. De voir cette femme se lever, aller dans la maison. Le bonheur de voir son visage dans une fenêtre, au-dessus des eaux. Son sourire, le reflet de sa robe dans une vitre.

Ce bonheur rendait dérisoire le désir des hommes de dominer, de tuer, de posséder, pensa Volski. Car ni Mila ni lui-même ne possédaient rien. Leur joie était faite de choses qu'on ne possède pas, de ce que les autres avaient abandonné ou dédaigné. Mais surtout, ce couchant, cette odeur d'écorce tiède, ces nuages au-dessus des jeunes arbres du cimetière, cela appartenait à tout le monde !

Le filet de pêcheur qu'il se mit à retirer sur le perron sortait vide. De temps en temps, au milieu des mailles qui glissaient sur l'eau, brillait l'or mat de la lune.

Personne autour d'eux ne voyait ce monde trans-figuré. Leurs voisins maudissaient la crue inhabituelle de la Loukhta, les chemins détrempés. Mila et Volski opinaient pour ne pas les agacer mais, en rentrant, s'asseyaient sur le vieux perron, laissaient leur vue s'égarer dans le reflet du courant. La nuit, l'eau bruissait sous leurs fenêtres, des vaguelettes battaient doucement contre les marches. Il fallait dire ce calme et cette joie pour aider les gens à vivre autrement. Mais le dire avec quelles paroles ?

Ne rien expliquer, pensa un jour Volski, juste montrer cette autre vie… Il revenait de Leningrad et, à la périphérie de la ville, assista, malgré lui, à la répétition d'un défilé. Chargée d'une énorme effigie de Staline, une procession d'ouvriers devait, d'après la mise en scène, rejoindre une colonne de militaires afin qu'au-dessus de cette armée victorieuse surgisse la tête du Guide. Un orchestre attaquait alors son tintamarre de cuivres. La jonction tardait à atteindre le brio artistique recherché. Des cris de colère éclataient sur un perchoir en bois d'où un petit homme coiffé d'un chapeau mou criait : « Je ne vois pas le camarade Staline ! » (et les ouvriers hissaient le portrait aussi haut que possible) ou bien : « Plus de joie de vivre ! » Les militaires levaient le menton, écarquillaient les yeux…

Volski reprit son pédalage au milieu des champs. Les aboiements du haut-parleur se turent, effacés par le cliquetis du vieux vélo. Ce qu'il venait de voir était comique, il aurait pu en rire, mais sa pensée restait triste. Dans le défilé, on eût pu sans doute trouver des ouvriers qui avaient traversé les horreurs du blocus. Parmi les soldats, nombreux étaient ceux qui gardaient en eux un lourd dépôt de corps meurtris, de visages disparus. Cette douleur aurait dû les mener vers une vérité neuve et lumineuse. Au lieu de quoi, c'était ce tour de piste, ces visages sottement radieux…

Il se rendit à l'école où enseignait Mila, s'arrêta sous les fenêtres de la salle de musique, écouta. Et reconnut, dans le chœur des enfants, le chant qu'entonnaient ses camarades de régiment, entre deux combats. Il avait souvent fredonné ces airs, sa voix modulant et la fatigue des soldats et la fragilité de l'espoir préservé malgré la boue et le sang. Mila apprenait à ses élèves cette tonalité-là, insolite dans le répertoire scolaire composé de joyeuses vociférations patriotiques.

Ce fut alors un instant qui exprima le sens même de sa nouvelle vie : ces voix faibles qui semblaient venir d'une rêverie, une journée éclairée par le tout premier feuillage, la senteur des bois inondés et, très proche, arrachée à la mort, la présence de la femme qu'il aimait. Le mouvement ondulant de ce bras qui dirigeait le chant des enfants…

Il pensa de nouveau à la guerre qui leur avait donné la sagesse du bonheur simple. Et s'embrouilla, n'acceptant pas le terrible prix d'une telle sagesse. Mila sortit, vint l'embrasser. Il voulut l'interroger : « Pourquoi ne pouvions-nous pas être aussi heureux avant la guerre ? Dès notre première rencontre, dans l'insouciance de la jeunesse ? » Mais le regard de Mila attendait d'autres paroles.

« Ça y est, je l'ai ! » dit-il et il vit sur le visage de la femme s'effacer une ombre d'angoisse. De son sac de facteur, il tira une page dactylographiée portant plusieurs signatures et tampons. C'était l'accord donné par les autorités de la ville pour l'adoption des orphelins, des « enfants de Mila » comme les appelait Volski. Les quatre premiers devaient arriver à la rentrée de septembre.

Un soir de mai, il sembla deviner le mystère de leur joie nouvelle… Le crépuscule était doux, ils n'avaient pas envie de rentrer, restèrent allongés au milieu des arbres, près d'une source qu'ils avaient, une semaine auparavant, libérée de broussailles. Le sol était blanc sous les pétales de merisier, on se serait cru dans une bourrasque d'hiver. L'odeur de ces grappes blanches et l'amertume fraîche des muguets… « J'ai déjà vécu cela, pensa Volski. Oui, à la guerre, après un combat, cette neige de pétales et ce soldat qui agite le bras comme pour chasser un moustique et tombe, ce n'était pas un moustique mais un éclat perdu, une miette de métal envoyée par une explosion. L'ivresse de ces pétales, l'odeur glacée du muguet, une belle soirée de printemps et cet homme jeune et beau qui vient de quitter la vie… »

Volski fixa la femme qui, les yeux mi-clos, souriait à travers le lent ondoiement des pétales. Un être étrange : une femme que ce monde avait tant de fois essayé de détruire, un corps qui était, encore récemment, érodé par la faim, un visage qui ne pouvait plus dissimuler l'ossature du crâne, une femme qu'on violait, la transformant peu à peu en un déchet humain. « Ces yeux étaient remplis de mort, de glace, de laideur et ils voient maintenant ce ciel mauve et, dans les brassées de pétales, une étoile très proche qui nous voit elle aussi… »

Ce qu'il comprit ressembla à une percée de lumière. « Non, il ne faut rien expliquer, pensa-t-il, juste reconnaître dans l'autre cet être étonnant qui dépasse infiniment ce qu'il a vécu et ce qu'il vit, et ce qu'on voit de lui, et ce que le monde fait de lui. Reconnaître et aimer cette part invisible d'une femme, cet instant-là sous une lente chute de pétales, ce corps meurtri et dont la tendresse est encore intacte, ces yeux dont la clarté me rend vivant. »

En ces jours de mai, la guerre se termina pour eux. Un an après la fin de la guerre.

Longtemps plus tard, revenant en pensée à cette année vécue sur les berges de la Loukhta, Volski serait frappé par la durée de ce qui n'était en fait qu'un début d'installation. Chaque saison lui paraîtrait une vie entière. Une vie d'automne, la broderie du givre sur la dorure des feuilles mortes. Une vie d'hiver, cette lampe à pétrole à leur fenêtre, une lueur perdue dans une tempête de neige. Une vie de printemps, ces nuits où les eaux venaient jusqu'au vieux perron en bois... Et aussi l'été, leur maison voguant sur la houle bleutée des herbes et des fleurs. Il se souviendrait de cette éternité très lente, très intime et dont une seule journée pouvait effacer toutes les blessures de sa vie brisée.

Ils eurent la même pensée et se jetèrent un coup d'œil amusé : oui, ce poulain blanc, la grâce un peu gauche de l'enfance, la liberté de celui qui ignore encore les barrières de la vie… Il courait sur la berge, entrait dans l'eau, reculait d'une gambade brusque, remontait le talus.

Volski était occupé à réparer le toit, Mila, sur une échelle, lui passait des lattes enduites de goudron. De temps en temps, ils s'interrompaient, heureux de voir, du haut, tant de mouvements à la fois. Les sauts du poulain et, dans la rivière, la baignade des enfants, un peu plus loin, au-delà des saulaies, des femmes qui ramassaient les foins en meules et cette toute jeune fille qui jouait à grimper sur ces amas instables et à y rester debout, en équilibriste.

Soudain, elle tomba, et aussitôt retentit une explosion. Derrière les arbres, s'élevèrent un rideau de giclures de terre et la fumée. Le poulain parcourut encore quelques mètres avant de s'écrouler, tout son flanc droit arraché. Une mine que les sapeurs, l'automne précédent, n'avaient pas déterrée…

Volski et Mila le comprirent, une rapide suite de faits s'égrena : la course du poulain, la chute de la jeune fille déséquilibrée par le fracas de l'explosion, la pose figée des paysannes, enfin ce mélange de blanc et de rouge qui se débattit brièvement dans la poussière.

La vie des autres qu'ils croyaient tenir à distance déferla, confondant les vestiges de la guerre, la routine de la paix, les pleurs de la jeune fille qui s'approchait du poulain mort en détournant la tête. Et les enfants qui surgissaient de toutes parts, cachant la curiosité sous des grimaces effrayées. Un peu plus tard, ce kolkhozien venu avec une brouette et qui, en quelques coups de hache, dépeça la carcasse, chargea la viande et enterra le reste dans le trou laissé par l'explosion.

Ils s'imposèrent de ne voir aucun présage dans cette mort. Un temps, leur monde, cette éternité fragile à l'écart du monde, put survivre. Et puis un jour, à la fin du mois d'août, apparut cet étrange observateur. Ils se trouvaient sur la crête de la berge, en train de monter une clôture autour des tombes des soldats. Mila inscrivait sur l'une des stèles le nom qu'ils avaient réussi à identifier…

C'est elle qui, la première, remarqua l'étrange guetteur. Sur la rive opposée, non loin de leur maison, se tenait une voiture noire, un militaire dirigeait une grosse jumelle vers le cimetière où ils travaillaient. Sa pose bizarrement statique, sa cape trop longue pour le petit crachin qui voilait l'horizon, tout dans cette scène muette paraissait disproportionné et menaçant. On eût plutôt imaginé un général surveillant un champ de bataille. Un autre militaire se montra et la statue à la jumelle bougea, secoua la tête, et tous deux allèrent vers la maison. Le jour déclinait mais, du haut de la crête, on pouvait distinctement voir les deux hommes s'approcher des fenêtres, regarder à l'intérieur…

Le temps pour Volski et Mila de descendre vers leur barque et de traverser la Loukhta, les militaires étaient repartis. Seules traces, ce mégot avec un fin bandeau doré et l'empreinte d'une botte sur le parterre devant la maison. « Ça devait être des topographes en repérage, dit Volski en jouant l'insouciance, ils ont sans doute une carte à établir… »

La visite des militaires fut, pour lui, une secrète délivrance. Comme si, n'ayant pas le courage de s'éveiller de son rêve et de réveiller Mila, il avait été aidé par cette apparition. Le monde était là, au seuil de leur amour.

Il avait menti en parlant de « militaires », leur uniforme ne prêtait pas à confusion. Et c'est Mila qui le nota : « C'est curieux, ces deux types de la Sûreté d'État, ils me font penser à ce qui m'est arrivé l'autre jour à l'école. Oui, cette inspectrice… Le directeur m'avait prévenue qu'elle viendrait, il n'y avait donc rien d'inattendu. Sauf qu'elle est restée immobile comme une pierre. Comme cet homme qui nous épiait à la jumelle. Elle est partie sans rien dire. Il paraît que les chansons que j'apprends aux élèves ne sont pas idéologiquement conformes… »

Ils étaient assis sur le perron de leur isba. Maintenant, avec le recul des eaux, la maison semblait plus haut perchée au-dessus des champs, et plus solitaire. Volski écoutait, hésitant à donner la réplique : il fallait ou bien tenter un ton rassurant et donc mentir, ou bien... Il baissa la tête et soudain, au milieu des bottes d'herbe, remarqua un autre mégot cerné d'une bande dorée. Tel un coup d'œil aigu fixé sur eux.

« Tu sais, Mila, je ne te l'ai pas dit, mais le courrier que je distribue... » Il s'interrompit, conscient que sa voix était celle d'un coupable, or il n'y avait aucune faute à avouer. « Oui, je vois de plus en plus de lettres qui viennent des prisons. Je pense que c'est reparti, les purges... »

Ils échangèrent peu de mots, usant de ce langage allusif dont tout le monde se servait en ces temps-là. On ne disait pas « cet homme a été arrêté » mais « il a eu des ennuis ». D'ailleurs Mila n'aurait pas pu dire « ces types de la Sûreté d'État », l'expression viendrait plus tard, dans les souvenirs de Volski, lorsqu'en parler serait possible. Non, à l'époque, elle avait dû évoquer « la Grande Maison », on désignait ainsi le siège de la police secrète à Leningrad.

En quelques mots, plus ou moins codés, ils se dirent tout : les vagues d'arrestations relancées de plus belle, la peur qui, après une brève détente à la fin de la guerre, figeait de nouveau les visages, la suspicion qui guettait chaque parole. La victoire sur les nazis avait libéré les persécuteurs d'ici, pressés de faire payer à la population leur propre lâcheté.

Deux ou trois détails par personne disparue, Volski et Mila se rappelèrent ceux qui « avaient eu des ennuis » : des habitants de la bourgade voisine, les anciens amis à Leningrad. Déjà un long chapelet d'ombres. Ils savaient que les gens choisissaient diverses tactiques de survie. Certains feignaient de ne rien remarquer, parlaient, allaient au travail, souriaient à leurs proches, tout cela dans une torpeur mécanique de somnambule. D'autres transformaient leur vie en une attente de condamné, répétant en soliloque les arguments qui allaient, croyaient-ils, démontrer leur innocence, dormaient habillés, sachant que l'arrestation se faisait la nuit. Parfois ils perdaient la raison. D'autres encore essayaient de désamorcer la menace en la narguant.

« Mon père l'a fait. » Volski se rendit compte qu'il en parlait pour la première fois. « Pendant la collectivisation dans notre village, si l'on trouvait un sac de blé caché chez un paysan, le bonhomme était fusillé. Puis il suffisait de ne pas avoir déclaré un outil ou une douzaine d'œufs. J'étais encore enfant mais je me souviens très bien de ce jour-là. C'était l'hiver, un froid à pierre fendre, mon père est sorti sans manteau, pieds nus dans la neige et il a apporté au Comité de l'expropriation les seules bottes qui lui restaient. Il a réussi à composer une mine très sérieuse, presque fervente : "Je donne tout pour l'édification du socialisme !" Les chefs étaient terriblement embarrassés devant un tel élan. Finalement, ils ont pensé qu'il n'avait pas toute sa tête, on lui a rendu ses bottes et on nous a laissés tranquilles… La folie, ça pouvait sauver.

– Mon père, c'est la mort qui l'a sauvé… »

Mila le murmura comme l'écho des paroles de Volski et tout de suite, voyant son air perplexe, se hâta d'expliquer :

« Il était officier, en 39, en Mongolie, il a pris part à la bataille de Halhin Gol. Un jour, en parlant avec celui qu'il croyait son meilleur ami, il a voulu faire de l'humour noir : "Il y a plus de militaires dans les camps que dans nos rangs", oui, une plaisanterie de ce genre. Le commandant l'a convoqué pour lui dire de se préparer au pire. Le lendemain pendant l'assaut contre les Japonais, il a été fauché le premier. En réalité, il s'est fait tuer. C'est l'un de ses camarades qui nous a raconté sa mort. Ceux qui devaient l'arrêter repartirent bredouilles : au lieu d'embarquer un ennemi du peuple, les voilà devant un officier tombé au champ d'honneur, presque un héros. Après, ma mère et moi, on nous a laissées tranquilles, nous aussi. »

Tout était dit. Ces deux histoires, ils le savaient, résumaient le pays où ils vivaient. Ses peurs, ses guerres, la nudité désarmée de l'existence privée, l'impossibilité de faire partager sa détresse. L'extrême difficulté de croire en la bonté de l'homme et, en même temps, la conscience que seule cette foi pouvait encore sauver. Un pays où des millions d'êtres se réveillaient la nuit, tendant l'oreille au chuintement des pneus sur l'asphalte : cette voiture, passe-t-elle son chemin ? ou bien s'arrête-t-elle devant l'entrée ?

« Tu ne m'as jamais parlé de ton père… dit Volski comme sur un ton de reproche.

– Nous n'avions pas le temps… Et puis, si nous avions commencé à y penser, nous n'aurions plus eu envie de vivre. »

Volski voulut objecter, invoquer le besoin de faire connaître la vérité mais se ravisa, sentant dans les paroles de Mila une vérité à la fois plus humble et presque insolente dans sa franchise. Elle sourit : « Nous n'aurions même pas pu jouer au théâtre, tu te souviens : "À vous, ma bien-aimée, je vais confier mes rêves…" C'est un peu grâce à ces airs que nous avons survécu. Et combien de gens avec nous ! »

Trente ans plus tard, Volski se dirait que son pays était aussi cela : un couple qui avait enduré l'enfer et dont la vie était déjà encerclée dans l'objectif d'une jumelle, comme dans la lunette d'un tireur, oui, ces deux amoureux assis sur le perron d'une isba, dans la lumière pâle d'une soirée d'août, ils regardaient la crête d'une berge ponctuée de tombes et tout doucement, ils chantonnaient les airs légers d'une vieille opérette démodée.

Désormais, ils parlèrent souvent des spectacles joués pendant le blocus, du public grelottant dans le noir, de Porthos qui chantait, le visage lavé de larmes, des comédiens qui tombaient sur scène, épuisés par le froid et la faim. Ces jours de guerre devenaient leur force, leur courage et quand ils revoyaient, en pensée, leur dernier concert sous les balles, toutes les craintes leur semblaient comiques : ces deux agents de la Sûreté venus les épier ? Une seule minute de ce concert était plus redoutable que n'importe quelle menace.

Penser aux enfants qu'ils allaient héberger les aidait aussi à ne pas vivre dans l'humiliation de la peur. Bricoler un lit, découper une chemise dans un vieux drap, la routine de ces gestes les attachait à un avenir où de jeunes vies prendraient possession de ces objets, les rendant utiles, vivants. Et quand ils se rappelaient de quel gouffre de douleur venaient vers eux ces enfants, les deux agents à la jumelle leur semblaient de simples cabotins.

Un soir, ils installèrent un grand paravent qui devait diviser en deux le dortoir. Le glissement des tissus leur fit penser à un lever de rideau et l'idée surgit, comme une étincelle, dans leurs regards échangés : ils devaient apprendre aux enfants à jouer dans une pièce, oui, à faire du théâtre et pourquoi pas à chanter dans une opérette !

Jusqu'au bout ils résistèrent à la peur. Et quand, une fois, il arriva à Volski de retrouver un mégot à bandeau doré entre les tombes du cimetière, il piétina avec mépris ce signe menaçant, poussa un rire : « Les Allemands aussi fumaient de belles clopes comme ça… »

Ils ne vécurent donc pas des nuits sans sommeil où tant de gens guettaient le chuintement des pneus devant l'entrée de leur maison. Le danger qu'ils défiaient surgit en plein jour, dans un grand vacarme de jurons, de mains gesticulantes, de grimaces ridicules. Rien à voir avec la terreur taciturne et sournoise qui s'instillait lentement dans toutes les âmes.

Ce jour de septembre, Mila vint à Leningrad pour déposer au musée du Blocus un carnet trouvé sur une pente sablonneuse de la berge : des notes en allemand. En pénétrant dans la cour de l'immeuble, elle crut à un incendie, puis à un chantier anarchique, enfin à un corps à corps au milieu des flammes. C'était tout cela à la fois. Un grand feu brûlait devant la porte de l'entrepôt qui servait de salle d'exposition. Des militaires (ces « militaires » de la Sûreté d'État) s'agitaient en repoussant les employées

214

du musée qui semblaient vouloir sauter dans les flammes. Les cris étaient rares et cette absence de paroles rendait la scène encore plus angoissante. Non, ces femmes ne voulaient pas s'immoler, leurs mains plongeaient dans le feu pour retirer des objets qu'elles essayaient de sauver. Et les agents de la Sûreté jetaient dans ce brasier des pièces humbles qu'ils venaient de rafler dans la salle : des paquets de lettres, des vêtements, des photos… La lutte était féroce. Des femmes âgées se battaient contre la muraille de poings et de crosses d'armes, tombaient, se relevaient, se précipitaient vers le feu.

… Ce n'était pas le jour le plus sanglant du régime installé dans le pays. C'était le jour de la plus grande honte. Et quand, des décennies plus tard, on ouvrirait les archives des tueries et des répressions, on n'oserait toujours pas évoquer ce bûcher…

Mila ne se rendit pas compte comment elle-même s'était retrouvée au milieu du combat. Elle sentait dans ses mains la morsure des flammes, ses lèvres saignaient, une manche de sa robe pendait à moitié arrachée. Le lourd va-et-vient des poings d'hommes la rejetait, elle se courbait, se frayait un passage, attrapait un livre, une photo, tentait de les protéger, de les cacher. À la fièvre de ce sauvetage, se mêlait une joie inconnue : jamais aucune protestation ne s'était élevée, dans le pays, contre le monolithe de ces uniformes sombres et voilà que la toute première révolte voyait se dresser ces femmes aux corps rongés par des années de guerre, ces survivantes aux visages anguleux d'affamées.

Des cris hystériques résonnèrent soudain à la sortie de la salle d'exposition. Un homme gras, de petite taille apparut entouré de sa suite. Mila le reconnut vite, d'après les portraits officiels, dans les journaux : Malenkov, de la garde rapprochée du Guide. Les uniformes se dressèrent au garde-à-vous, interrompant le massacre.

« Ah, les fractionnistes embusqués ! hurlait-il. Ils se sont tressé là un nid de réaction rampante ! Ils ont fabriqué le mythe d'une Leningrad qui luttait toute seule, sans la direction du Parti ! Ils ont négligé le rôle essentiel du grand Staline, père de notre victoire ! Tous dehors ! Toutes ces vieilleries au feu ! Vite, exécution ! »

Les uniformes s'agitèrent de nouveau et cette fois, aidés par les hommes de main de Malenkov, ils empoignaient les employées, les jetaient dans un fourgon qui attendait dans la rue. Mila saisit une liasse de lettres et se sauva, profitant d'une épaisse traînée de fumée soufflée par les flammes qui dévoraient de nouvelles brassées de documents.

Elle rentra à pied, eut le temps de tout raconter à Volski. De dire aussi ce que les gens qui s'aimaient se disaient, à l'époque : « Si quelque chose m'arrivait, promets-moi de vivre ta vie, sans te retourner sur le passé... » Ils ne laissèrent rien paraître en prenant leur dîner avec les enfants (les quatre premiers qui avaient emménagé deux semaines auparavant). Un moment, ils espérèrent même que l'arrestation se passerait la nuit ou bien le matin quand les enfants seraient à l'école...

On vint la chercher une heure plus tard : une voiture noire du même modèle, surnommé « petit corbeau », les mêmes uniformes. Volski sortit le premier et c'est lui qu'on plaqua brutalement contre le capot. La seconde voiture arriva, les agents qui en descendirent arrachèrent des mains de Mila la petite valise qu'elle voulait emporter. « Regardez ce qu'il y a dedans, c'est très important ! » cria-t-elle et pendant que les deux agents, intrigués, fouillaient les quelques vêtements et les affaires de toilette, elle s'élança vers Volski, ils s'embrassèrent et réussirent, malgré les bras qui les séparaient déjà, à chuchoter quelques mots. « Tous les jours regarde le ciel, au moins un instant, je le ferai aussi… » On les jeta chacun dans une voiture. Volski ne retint pas qui, de lui ou de Mila, avait proposé de regarder le ciel que voyait l'autre. Il sentit juste dans sa bouche l'amertume du sang, les lèvres de Mila saignaient encore.

Les voitures démarrèrent avec une hâte absurde sur le chemin de terre qui contournait la maison. Pendant quelques secondes, Mila et Volski virent un adolescent qui poursuivait ce noir cortège en agitant les bras, en criant comme s'il voulait le rattraper. Dans la lumière pâle du soir, ses cheveux roux brillaient telle une grappe de sorbier.

Le moment le plus dur après l'arrestation fut cet interrogatoire-là. L'officier d'instruction était jeune mais il savait que, quelle que soit l'attitude du détenu, il fallait le frapper. Seulement il ne maîtrisait pas encore les techniques de la torture. Il cogna maladroitement et trop fort. Volski, les mains attachées derrière le dos, tomba, serrant sa tête contre une épaule pour cacher le visage. Les coups s'interrompirent, inexplicablement. Il se tourna vers l'officier et ne put retenir un « ah » de surprise. L'homme se tenait debout, la tête renversée et se pinçait les narines, ses doigts étaient maculés de sang. « Ouvrez la fenêtre, prenez un peu de glace... », proposa Volski d'une voix volontairement neutre. L'officier nasilla une sorte de juron mais, étrangement, obéit. Le local des interrogatoires se trouvait au sous-sol, un soupirail protégé d'épais barreaux donnait sur le trottoir couvert de neige fraîche. L'officier l'ouvrit, ramassa une poignée de flocons, la plaqua sur son nez. Le saignement se calma, ils se regardèrent et Volski devina cet instant où la conscience humaine vacille entre la compassion et le mépris. Il allait en faire l'expérience plusieurs fois durant ses années de camp.

Un rapide jeu de mimiques passa sur le visage du jeune officier : commencer à frapper plus fort pour punir le témoin de ce malaise comique ? reprendre les questions comme si de rien n'était ? ou bien... C'est l'expression des yeux du détenu qui l'étonna : un détachement parfait, une clarté presque souriante. L'officier vit que l'homme jeté par terre fixait le minuscule tracé de bleu dans le soupirail, cette ligne du ciel que, du sol, il parvenait à voir.

Il aida Volski à s'asseoir sur le tabouret, reposa sa question à laquelle il n'avait reçu que des réponses négatives.

« Je vous demande encore une fois : confirmez-vous avoir eu l'intention de conduire l'avion allemand exposé au soi-disant musée du Blocus et de bombarder Smolny, afin de tuer les principaux dirigeants de la ville ? »

Si Volski n'avait pas déjà entendu parler, autrefois, de ce genre d'accusations démentes, il se serait cru devenir fou. Mais ce délire judiciaire n'était plus un secret, les gens le citaient, à la fois effrayés et presque exaltés par la démesure de l'absurde : un tel avait été fusillé pour avoir tenté d'empoisonner les eaux de tous les grands fleuves du pays, un autre se serait ingénié à créer une dizaine d'organisations subversives dans un village de cent habitants... Lui voulait donc faire voler un avion percé d'éclats et au train d'atterrissage arraché !

Il se taisait. Le choix était mince. Nier et s'exposer à de nouveaux coups ? Acquiescer et signer son arrêt de mort ?

La voix de l'officier d'instruction glissa soudain vers un chuchotement : « Dites que vous vouliez bombarder Smolny pour éliminer les fractionnistes anti-Parti au sein de la direction de la ville. » Et Volski le vit consigner déjà cette déposition farfelue. Le jeune officier était en train de fabriquer, certes, un criminel mais un criminel animé d'une louable volonté de lutter contre les ennemis du Parti et de son Guide. En penchant légèrement la tête, Volski pouvait voir, par le soupirail, un peu de neige et le reflet du ciel dans une vitre.

Chaque jour, dans le camp, il trouvait un instant de liberté pour rencontrer au milieu de ce ciel le regard de Mila.

La vie de prisonnier ne le démolit pas. Au front, il lui était souvent arrivé de dormir à même le sol, dans la boue ou sous la neige. Ici, les châlits dans les baraques dotées d'un poêle pouvaient paraître presque confortables. L'abattage des arbres était une besogne pénible, mais ses bras gardaient l'habitude de manier le poids des obus. La faim et le scorbut tuaient et pourtant, comparée aux cent vingt-cinq grammes de pain pendant le blocus, la nourriture la plus pauvre semblait abondante. Quant à la durée de sa peine, quatre ans et demi de camp, elle faisait sourire : dix ans de travaux forcés était ici la modeste moyenne. « Soit loué ce nez d'officier qui s'est mis à saigner », se disait Volski.

Et dans les pires heures de désespoir, il y avait ce ciel, gris, lumineux ou nocturne, et ce lien créé par la force d'un seul regard, au-delà du monde des humains.

La clémence de sa peine lui faisait espérer, pour Mila, une condamnation encore plus légère. De quoi pouvait-elle être accusée ? Un carnet taché d'argile qu'elle avait apporté au musée ? Volski parvenait à la croire acquittée, libre, installée avec les enfants dans leur vieille isba : le soir, elle sortait sous le frémissement des premières étoiles, levait sa vue sur le ciel… Puis, cet espoir se brouillait, il se souvenait que les répressions avaient depuis longtemps échappé à toute logique. Lui qui n'était jamais monté dans le cockpit d'un avion se serait avisé de bombarder Leningrad. Des intentions plus folles encore pouvaient être prêtées à Mila. Elle avait peut-être été envoyée dans un camp à des milliers de kilomètres de celui où il se trouvait !

Cette supposition était une torture atroce. Et pourtant, parfois, il osait un aveu dont il redoutait lui-même la dure et belle vérité : rien ne pouvait altérer l'instant où leurs regards s'élevaient pour se retrouver. Il imaginait alors Mila au milieu d'un champ blanc, le visage porté vers le lent ondoiement de la neige.

Cette vision l'aida à ne pas vivre dans la haine qui était un bon moyen de survie dans le camp. Il le comprit quand, un jour de printemps, il se retrouva enseveli sous un amas de troncs d'arbres : une gigantesque pyramide de grumes de cèdres que les prisonniers préparaient pour le flottage. La débâcle se fit précoce et plus violente que d'habitude. L'amoncellement de troncs bougea, ébranlé par les secousses des glaces qui se réveillaient sur ce grand fleuve sibérien. Et tout à coup cette montagne de rondins se mit à rouler, à se disperser. Le bois s'engouffrait dans les trouées de la banquise, plongeait dans les flots, se dressait à la verticale, retombait, échafaudait des murs qui s'écroulaient... Plusieurs prisonniers furent happés par l'éboulement. Deux ou trois disparurent dans le courant. On put en secourir un qui eut une épaule fracassée.

Volski resta plaqué au sol, tout en bas de la rive, près du défilé menaçant des glaces qui se rompaient. La poitrine écrasée, les jambes coincées dans l'entremêlement des grumes, il ne pouvait ni crier ni bouger. Quand il reprit connaissance, la nuit était tombée et il devina que les recherches, s'il y en avait eu, ne furent pas très poussées. La vie d'un prisonnier ne valait rien et personne ne voulait perdre la sienne en s'aventurant dans un chaos de rondins qui, à chaque moment, risquait de s'affaisser, glisser dans le fleuve. On avait dû le tenir pour noyé.

La seule voix qui lui restait était un chuchotement sifflant et son seul mouvement, ces mains qui, dans le noir, explorèrent son tombeau de bois. À travers le croisement des troncs, il pouvait voir un triangle étoilé.

La douleur atteignit un seuil qu'il crut mortel, puis elle se calma, ou plutôt il s'accoutuma à ce seuil-là. La soif devint vite plus cruelle que la douleur et ne le lâchait que durant ces instants où son regard s'échappait, à travers les grumes, vers le ciel. Ses pensées s'éclaircissaient alors et, comme il n'avait plus personne à convaincre, même pas lui-même, la simplicité de ce qu'il comprenait était définitive.

Il comprenait que dans tout ce qu'il avait vécu il n'y avait de vrai que ce ciel regardé, le même jour, peut-être au même moment, par deux êtres qui s'aimaient. Le reste était plus ou moins indifférent. Parmi les prisonniers, il avait rencontré des assassins sans remords et des innocents qui passaient leur temps à s'accuser. Des pleutres, des héros déchus, des suicidaires. Des bons vivants qui, condamnés à vingt ans, rêvaient de repas qu'une femme allait leur préparer à leur sortie de camp. Des doux, des sadiques, des crapules, des redresseurs de torts. Des penseurs pour qui ce lieu de travail et de mort était le résultat d'une théorie humaniste mal appliquée. Un pope qui disait que la souffrance était offerte par Dieu pour que l'homme puisse expier, s'améliorer…

Tout cela lui semblait maintenant pareillement insignifiant. Et quand il repensait au monde des gens libres, la différence avec les malheurs et les joies d'ici semblait minime. Un prisonnier se délectait de trois brins de thé tombés, par chance, dans sa tasse cabossée. À Leningrad, à l'Opéra (il se souvint de *Rigoletto*) pendant l'entracte, une femme sirotait avec le même plaisir du champagne. Leur souffrance aussi était semblable. Et le prisonnier et la femme souffraient de leurs chaussures. Elle, de ses étroits escarpins qu'elle enlevait pendant le spectacle. Le prisonnier, de ce qu'on portait dans le camp : des tronçons de pneus où l'on fourrait son pied emmailloté dans des chiffons et attaché avec des ficelles. La spectatrice savait qu'il y avait quelque part sous ce ciel des millions d'êtres transformés en bêtes décharnées, aux faciès noircis par les vents polaires. Mais cela ne l'empêchait pas de boire son verre au milieu du scintillement des grands miroirs. Le prisonnier savait qu'une vie chaude et brillante se poursuivait tranquillement mais cela ne gâtait pas son bonheur de mâchonner des miettes de thé…

Par moments, la douleur s'aiguisait, ne laissant survivre en lui qu'une vague compréhension : c'est la soif qui lui faisait imaginer ce prisonnier avec sa tasse de thé, cette femme aspirant le froid pétillant d'un long verre. Donc, tout cela avait encore moins d'importance.

L'eau était proche, un courant puissant tout près de son corps écrasé, et aussi la glace, en petites stalactites sous les grumes. Il tendait sa main, l'effort ravivait la douleur, il perdait connaissance.

Au début de la deuxième journée, la neige se mit à tournoyer en grands flocons paresseux. Volski sentit la fraîcheur des cristaux sur ses lèvres racornies. Et imagina de nouveau un champ d'hiver, une femme qui levait ses yeux vers une voltige blanche.

Il savait qu'il lui restait peu d'heures à vivre et la concision de sa pensée sembla tenir compte de ce délai. Les paroles du pope lui revinrent : les souffrances que Dieu inflige pour que l'homme puisse expier, se purifier… Le sourire écorcha sa bouche desséchée. Tant d'hommes auraient dû être, alors, infiniment purs. Dans ce camp, dans ce pays ravagé par la guerre. Par les purges, justement ! Après tout ce que ces gens avaient enduré, ils auraient dû être lumineux comme des saints ! Et pourtant, un prisonnier, après dix ans de souffrances, pouvait tuer pour une tranche de pain supplémentaire. Dieu… Volski se souvint des boucles des ceinturons portés par les soldats allemands. « *Gott mit uns* », « Dieu est avec nous », était marqué sur leur métal. Ces soldats avaient aussi beaucoup souffert. Donc…

Il leva les yeux : la nuit commençait à tomber et dans l'entremêlement des troncs au-dessus de sa tête brillait une constellation pâle, cendrée. Une femme la voyait, à cet instant, et savait que lui aussi regardait ce ciel… Il comprit que même Dieu n'avait plus d'importance du moment que ces deux regards existaient. En tout cas, le dieu des hommes, cet amateur de souffrances et de ceinturons.

La soif qui le torturait devint autre – le désir calcinant de dire à cette femme que rien n'avait de sens sans ces regards.

Dans la nuit, ou bien c'était le noir de son évanouissement, il entendit une voix très faible : quelqu'un chantait et oubliait parfois des paroles qu'il fallait lui rappeler.

On retrouva Volski grâce à ces quelques mots « chantés », expliquaient les hommes qui l'avaient entendu. C'étaient des artificiers venus avec leurs explosifs pour faire sauter le rempart de grumes soudées par la glace.

Le chant qui avait résonné en lui devint une autre vie, sans lien avec la fuite des jours. La course du monde lui paraissait encore plus fébrile, et vide de sens. De son lit, dans le baraquement hospitalier du camp, il voyait la précipitation des glaces qui tournoyaient et se morcelaient dans le fleuve. La lumière et la nuit défilaient en accéléré. Les prisonniers se rassemblaient sur la place d'appel, partaient travailler, revenaient. Et même quand les gardes, par caprice, les faisaient patienter de longues heures sous la pluie, cette torture n'exprimait plus que la ridicule hâte de faire mal, de prouver sa puissance de petit bourreau. Bientôt, il se retrouva dans ces rangs, dressé sur ses jambes couvertes d'hématomes. Autrefois, il aurait éprouvé un embrasement de colère devant la cruauté gratuite des gardes. À présent, il ne voyait qu'un tourbillon de volontés, d'envies, de bassesses. Intacte demeurait la soif de dire à ces hommes ce qu'il avait compris dans sa tombe de grumes et de glace. Mais les paroles appartenaient à une langue qu'il n'avait jamais encore parlée.

Perdu au milieu des rangs de prisonniers qui maudissaient à mi-voix leurs tortionnaires, il levait le regard et s'éloignait dans une vie qu'il avait devinée.

Sa libération sembla ne rien changer à cette autre vie. Le camion qui l'emmenait passa le portail (« En avant, vers la victoire du travail communiste ! » était inscrit au-dessus des battants en fer) et le camp disparut derrière une colline roussie par l'automne. « Un coup de volant, pensa Volski, et toute une planète est emportée, tel un éclat de glace dans un fleuve. » Terrifiante planète de malheurs, de cruauté, d'espoirs, de prières et soudain, rien : une route brillante de pluie, cette végétation maigre du Nord, en attente de l'hiver.

Il vécut dans un monde où tout lui était égal. Trouva du travail dans une gare de triage, se logea à proximité, dans une pièce dont les fenêtres donnaient sur les voies. Les gens voyaient en lui quelqu'un à mi-chemin entre un ouvrier un peu borné et un ancien prisonnier soucieux de faire oublier son passé. Parfois, ils devaient même le prendre pour un simple d'esprit. On l'apercevait au milieu des rails saupoudrés de neige, seul, la tête renversée, les yeux mi-clos scrutant un ciel parfaitement vide.

Après des mois de recherches, Volski apprit que Mila avait été condamnée à une peine qu'elle purgeait dans un camp. Mais où ? Et quelle peine ? « Dix ans de travaux forcés », lui répondit une ancienne employée du musée du Blocus avec laquelle il avait réussi à entrer en contact. Dix ans. Il fit le calcul, vit s'ouvrir en lui un gouffre de cinq ans d'attente, n'éprouva pas de désespoir. Il savait que, chaque jour, le regard de Mila le rejoignait dans ce ciel de plus en plus hivernal et qu'en cet instant, le temps n'existait pas.

… Vingt ou trente ans plus tard, Volski lirait des témoignages écrits par d'anciens prisonniers. Certains parlaient de leur vie détruite, d'autres racontaient comment ils étaient parvenus à renouer avec « la vie normale ». Il se dirait alors que sa vie à lui était restée intacte, c'est le monde qui peu à peu s'était évanoui.

Il n'eut pas cinq ans à attendre. Deux ans et demi plus tard, Staline mourut et dans le flot humain qui se déversa des portails des camps, Volski était sûr de retrouver Mila.

Un soir d'avril, il revenait du travail en longeant la voie ferrée et, encore de loin, vit une femme assise sur un petit banc sous les fenêtres de la maison où il logeait. Il ralentit le pas, entendit résonner dans ses tempes des battements de tambour graves, sourds. Les cheveux de la femme étaient blancs et son visage, vu de profil, rayé de rides profondes. « Plus de sept ans de camp… », pensa-t-il et il se sentit courbé sous un poids qui le poussait vers la terre. Ce visage vieilli de Mila était, pour lui, une épreuve finale, la plus dure peut-être. Et pourtant, cet ultime coup porté par un dieu qui adore faire souffrir lui parut mesquin et inutile. Rien ne pouvait atteindre une vie qui allait renaître sous ce ciel dans lequel, depuis tant d'années, se rencontraient leurs regards.

La soif de le dire fut si vive qu'il se mit à courir.

La femme se retourna. Ce n'était pas Mila ! Une femme bien plus âgée, une codétenue qui avait promis à Mila de le retrouver. Ce qu'elle avait à transmettre tint dans quelques phrases. « Dix ans de camp sans le droit à la correspondance », telle était la condamnation officielle. Peu de gens savaient que ce « sans droit à la correspondance » signifiait que le condamné était fusillé après le verdict. Les lettres des proches continuaient à arriver parfois tout au long de ces dix ans d'attente…

Volski resta assis, les yeux fixés sur la silhouette de la femme qui s'éloignait en cahotant d'une traverse à l'autre. Cette prisonnière libérée, il eût fallu la retenir, lui poser des questions, lui offrir un thé, l'héberger… Il l'aurait fait mais le monde, déjà à peine réel, s'effaça. Il n'y avait que ces rails qui se perdaient dans le crépuscule, cette femme vieillissante s'en allant dans le néant, les mots qu'elle venait de dire, les derniers mots qui le concernaient. Un monde vide.

Il se leva, regarda le ciel. Et sentit sur ses lèvres la naissance d'une voix qui allait parvenir jusqu'à Mila. Ses poumons se dilatèrent. Mais au lieu d'un cri, se fit entendre un long chuchotement écorché par la soif. Mortelle soif de ne pas savoir, par la parole, rendre la vie à celle qu'il aimait.

V

« La même soif… », pense Choutov en regardant le vieillard qui boit, en longues gorgées, un thé froid.

« Pardonnez-moi, j'ai perdu l'habitude de parler. » Volski sourit, repose la tasse sur sa table de chevet. Ils se taisent, ne sachant comment conclure ce récit nocturne. Se dire au revoir, se quitter, aller dormir ? Choutov comprend qu'il vient d'entrer dans un monde où l'on ne peut pas mentir, ni d'un geste ni d'un mot. Il fixe le noir derrière la fenêtre : brève obscurité au creux d'une nuit d'été nordique. Sur l'écran muet du téléviseur, on voit la procession des chefs d'État qui entrent dans une salle de banquet…

Le vieillard a parlé pendant une heure à peine. Sa jeunesse, la ville morte du blocus, la guerre, le camp. Et même, la voltige des pétales de merisier dans une lointaine soirée de printemps.

Son récit était entravé par la crainte de dire des faits trop connus, de se répéter. À plusieurs reprises, il a précisé : « Tout cela, on le sait maintenant. » Et l'on sentait en lui la peur de placer son histoire face à de grandes sagas qui ont épuisé le sujet. « Vous savez, les autres n'ont pas eu ma chance. » Oui, les autres, ceux qui sont morts de faim pendant le blocus, ceux qui ont été tués au combat, ceux qui se sont figés dans la glace des camps.

Choutov détourne la tête, tant les mots qu'il pourrait prononcer lui paraissent futiles. Sur l'écran, une vue aérienne de Londres, un reportage sur la nouvelle élite russe et ce titre, *Moscou sur Tamise…*

« Mon cas n'a rien d'exceptionnel », disait aussi le vieil homme. Choutov y réfléchit : c'est vrai, il lui est déjà arrivé, dans sa jeunesse, d'entendre parler de ces vies brisées. Des millions d'âmes lacérées par les barbelés. Les camps occupaient la vingtième partie de l'immense étendue soviétique, dix fois la superficie de la Grande-Bretagne dont les vertes prairies défilent sur l'écran. Disparaître dans ce néant n'était pas un destin rare, le vieux Volski a raison.

Une voix se révolte en Choutov : mais non, cette vie qui vient de lui être confiée est unique et incomparable, car… Il imagine une femme au milieu des baraquements entourés de miradors et aussi un homme dans une rangée de prisonniers. Tous deux, ils lèvent les yeux, suivent la lenteur des nuages, sentent la froide caresse des flocons sur leur front. Ils sont séparés par des milliers de kilomètres. Et ils sont très proches l'un de l'autre, à la distance de la buée de leur respiration.

Choutov sait ce qu'il faut maintenant demander à Volski : et après, a-t-il cherché à rencontrer dans le ciel les yeux de celle qu'il aimait ?

Il hésite, bredouille : « Et après ?... », comme s'il voulait connaître la fin du récit, comme si la présence du vieillard dans cette petite pièce n'était pas déjà une fin.

Volski boit encore une gorgée, puis d'une voix beaucoup moins tendue murmure : « Après... je ne parlais presque plus et les gens ont commencé à me prendre pour un muet. J'étais comme mort, en tout cas absent de leur monde. »

Cette absence était faite de crépuscules glacés dans une bourgade sibérienne, son lieu d'échouage. Et de la besogne qui lui rappelait son travail de prisonnier. Et de l'alcool, seule liberté d'évasion, pour lui et pour tant d'autres. Il se taisait, sachant désormais qu'on pouvait très bien vivre sans parole et que les gens n'avaient besoin que de sa force, de sa résignation, oui, justement, de son absence.

Un jour seulement, son mutisme se rompit. Il travaillait dans un atelier où l'on réparait les ridelles des wagons, le contremaître l'injuria, le traita de sale taulard. Volski frappa et murmura au-dessus de l'homme étalé par terre : « Je vous laisse choisir l'arme de notre duel, sir ! »

L'officier de la milice qui l'interrogeait était jeune, très sûr de lui. Il ressemblait (Volski l'avait remarqué tout de suite) à l'officier d'instruction qui l'avait envoyé au camp. La même blondeur, le même uniforme trop large pour un corps malingre. Il y avait aussi une petite fenêtre basse donnant sur une rue enneigée...

Volski cessa de répondre, ébloui par la vérité qui soudain éclaira ce monde dont il avait cherché à comprendre l'obtuse cruauté. C'était donc cela : un tourbillon répétitif, la ronde des mêmes rôles, des têtes semblables, des circonstances toujours pareilles. Et toujours l'égale volonté de nier ce qu'il y a de plus vrai, de plus profond chez l'homme. Cette neige, une femme qui lève le regard vers le ciel…

« Selon la déposition du contremaître, disait l'officier, vous avez tenu des propos antisoviétiques au moment de lui causer un préjudice corporel… »

Volski souriait, fixait ce visage jeune parcouru de grimaces de sévérité et se taisait. Le monde qui venait de lui révéler son principe dément ne l'intéressait plus. « Un manège fou, pensait-il. Les mêmes visages, les mêmes bêtes en bois qui tournent de plus en plus vite. » Quelques années après la guerre et ses millions de morts, on testait déjà une nouvelle bombe (il avait lu cela dans un journal) qui allait pouvoir tuer davantage. Trois ans après la mort de Staline, on expliquait que tous ceux qu'il avait massacrés avaient été anéantis par erreur, par une simple entorse à la doctrine. Et il y avait maintenant ce petit officier blond qui s'échauffait, hurlait, donnait des coups de poing sur la table et qui allait sans doute frapper le prisonnier assis devant lui. « Et puis, le nez de ce blondinet se mettra à saigner et je lui proposerai de ramasser un peu de neige, il le fera et ce sera un bref répit d'humanité… »

Volski se rendit compte qu'il le disait à haute voix et que l'officier, la bouche entrouverte, les yeux écarquillés, l'écoutait. « Vous allez voir, un peu de neige et le saignement s'arrêtera… » Il fut alors pris d'un accès de rire violent, presque douloureux car ses poignets attachés dans son dos lui tordaient les épaules à chaque esclaffement. « Un cirque noir ! Un grand cirque noir ! » criait-il, étonné par la simplicité de l'expression qui disait si bien la folie du monde.

Il passa un peu moins d'un an dans un asile psychiatrique. Silencieux, il était un bon patient pour le personnel, une ombre, un absent. L'endroit malgré la vétusté misérable ne lui paraissait pas sinistre. Et la population des malades ne faisait que refléter, comme une étrange loupe mentale, les fièvres et les hantises du monde extérieur. Un homme, au visage presque bleu de maigreur, se cachait tout le temps derrière ses mains levées en écran, un bouclier comique qui le protégeait des bourreaux venant de son passé. D'autres transformaient leur lit en coquille d'escargot qu'ils quittaient rarement, la tête rentrée dans les épaules. Un ancien directeur de théâtre s'accusait et se justifiait sans cesse, imitant à la fois le juge d'instruction et l'interrogé. Un vieillard passait ses journées à guetter le scintillement des gouttes qui tombaient du toit, quand la glace fondait. Son visage était radieux. Il y avait aussi un homme parfaitement sain d'esprit, ce Lituanien âgé avec lequel Volski se lia d'amitié. Celui-ci avait choisi de se réfugier ici pour échapper aux persécutions. Il racontait très posément sa vie, décrivait les endroits où il avait habité. Mais, chaque fois que Volski essayait de lui expliquer que Staline était mort et qu'il y avait à présent la possibilité de quitter cet asile, le Lituanien devenait méfiant et d'une voix cassée demandait : « Pourquoi mentez-vous ? Je sais très bien qu'il ne mourra jamais ! »

Des fous, oui, se disait Volski. Puis, il se souvenait de ce qu'il avait vécu pendant le blocus, à la guerre, au camp. Et la folie des patients lui paraissait bien plus raisonnable que la société qui les avait internés.

Le médecin chargé de l'inspection annuelle se trouva Léningradois de naissance. Volski parla longuement avec lui : un chapelet de rues, de canaux, de théâtres, de souvenirs dans une ville qu'ils n'avaient pas revue depuis des années. « Accrochez-vous à quelque chose de concret, conseilla-t-il à Volski en signant son autorisation de sortie. Mais surtout inventez-vous un projet, un rêve. Rêvez de retourner un jour à Leningrad, par exemple. »

Il suivit l'avis du médecin, pour ainsi dire. D'après les lois d'alors, le lieu de résidence d'un ex-prisonnier devait être éloigné d'au moins cent kilomètres des grandes villes. Volski s'installa dans une bourgade au nord de Leningrad, non loin, se disait-il, des anciens champs de bataille.

Cette petite ville l'accueillit par un bruit de moteurs : une voiture embourbée, un bout de câble, un tracteur qui essayait de secourir ces naufragés de la boue. Volski ramassa une brassée de branchages sur le bas-côté du chemin, la jeta sous les roues de la voiture. « Du concret, pensa-t-il en s'en allant, un beau projet pour un fou qu'on vient de libérer. »

Deux jours plus tard, dans la même rue, Volski pleura. Une colonne d'enfants suivait ce chemin boueux, il s'arrêta et soudain comprit de quels enfants il s'agissait. Dans ces années, après les massacres staliniens et la saignée de la guerre, les orphelins étaient trop nombreux pour surprendre. Non, les orphelins qu'il voyait n'auraient pas dû se montrer : c'étaient des rebuts qu'habituellement on prenait la peine de cacher. Des enfants mutilés, des aliénés, des aveugles… Broyés par la guerre ou bien venus au monde dans un baraquement de camp. Trop faibles pour être envoyés dans une colonie de rééducation, trop dégradés pour en forger, dans un orphelinat ordinaire, de bons petits ouvriers.

La colonne marchait lentement, d'une progression saccadée. Les enfants s'agrippaient les uns aux autres, certains tombaient, leur accompagnateur les relevait comme on soulève un sac. La neige mouillée avait dû rendre impraticable l'itinéraire qu'ils empruntaient d'habitude et où ils restaient invisibles. On était donc obligé de les faire passer par l'axe principal de la bourgade… Déjà, ils disparaissaient dans la grisaille du crépuscule d'hiver. Tout à l'arrière, Volski vit une petite fille qui boitait fortement, s'enfonçant à chaque pas sur une jambe déformée, se redressant d'une secousse brusque. C'est en la voyant qu'il se mordit la lèvre pour retenir ses sanglots.

Il retrouva leur orphelinat le soir même : une vieille bâtisse en briques presque noires que des cloisons en contreplaqué divisaient en tronçons de salles, mi-dortoirs, mi-cellules collectives. « À peu près comme dans nos baraques, au camp », pensa Volski.

Le lendemain, il y revint, proposa ses services. D'éducateur ou de surveillant ? Il ne savait pas ce qu'on offrait à ces enfants comme encadrement. On l'engagea tout de suite, car justement, on ne leur offrait rien. Ici, les enfants étaient parqués en attente. Les plus faibles mouraient. D'autres, tenus pour aliénés, attendaient d'être envoyés dans un asile d'adultes.

S'indigner, exiger était inutile : le personnel comptait deux employées âgées et un seul surveillant, celui-ci exhibant le moignon d'un bras perdu à la guerre. La directrice, une petite femme effacée, expliqua d'une voix gênée : « On ne sait pas qui veille sur qui : nous sur les enfants ou bien les enfants sur nous… »

Le premier jour, venant dans la grande salle où l'on rassemblait tous les enfants, Volski les observa discrètement, tenta de voir comme unique chaque visage, chaque silhouette. Et soudain, frappé d'une divination, se mit à fredonner, d'abord d'un simple murmure, puis d'un ton qui couvrit les bruits, les pleurs. Une litanie hésitante lui répondit, les têtes commencèrent à marquer le rythme, les corps à se balancer doucement. Une petite fille, au visage marqué par la longue entaille d'une cicatrice, s'approcha, lui tendit un éclat de verre rouge, sans doute son trésor.

Il leur donnait tout ce qu'il avait – sa voix. Commença à leur apprendre un peu de chant, des airs faciles à retenir, des mélodies dont la cadence ravivait ces petits corps figés par les maladies et les blessures. Il fallait noter les paroles et, sans s'en apercevoir, les enfants tracèrent leurs premiers mots, déchiffrant leurs premières lectures. Les manuels n'existaient pas et Volski progressait à tâtons dans cet art d'enseigner, si neuf pour lui. L'idée lui vint de leur faire imaginer par le geste et la mimique ce qu'une chanson racontait : l'arrivée d'un cavalier sous les fenêtres de la maison natale, l'accueil que lui faisaient sa mère et sa bien-aimée… Ces enfants, condamnés à une existence d'ombres, pénétraient alors dans une vie où changer de destin était possible, où ils étaient écoutés, aimés. Où ils aimaient.

Lui-même apprit beaucoup durant ces premiers mois. Parmi la trentaine d'enfants qui peuplaient l'orphelinat, il y eut des visages qui lui rappelaient les enfants de Mila. Un garçon roux qui avait une belle voix sonore ressemblait un peu à Mandarine, sans avoir pour autant son énergie et sa joie de vivre. Le rapprochement était douloureux et pourtant c'est ainsi que Volski sut vaincre l'absurde tourbillon du monde. Oui, on pouvait résister à sa morne logique. Comme ce rouquin qui, à présent, se tenait devant les autres et chantait l'avancée d'un cavalier à travers une tempête de neige.

Les chansons parlaient de « la vaste mer bleue » et Volski racontait ce qu'il savait sur les mers et les océans. Un boyard apparaissait dans un chant et, s'improvisant professeur d'histoire, il jouait devant ses élèves des scènes du passé russe, tantôt en prince, tantôt en serf.

Il leur parla aussi des mousquetaires, mima les combats, les cavalcades, imita le sifflement d'une épée qui scinde l'air, agita un journal plié – l'éventail d'une belle dame assise devant une fenêtre de son château… Ce fut, pour ces enfants, leur premier voyage à l'étranger, chose inconcevable dans ce pays barricadé derrière son rideau de fer.

Un soir, il chanta l'air de d'Artagnan…

Depuis ce jour-là, une idée le posséda : faire jouer ces orphelins dans une pièce, quel que soit leur handicap. Il distribua les rôles et, se souvenant de ces figurants surnuméraires dans les spectacles montés pendant le blocus, inventa des personnages, écrivit des petites scènes, pour que tout le monde ait ses deux répliques à dire ou à chanter.

Ce qu'il projetait de créer s'éloignait souvent de la vieille opérette. Les voix étaient faibles, s'essoufflaient vite. Certains enfants se déplaçaient avec difficulté. Les costumes, cousus par les employées avec des bouts de chiffons, manquaient de brillant théâtral. Mais l'ingéniosité de ces petits comédiens transfigurait tout. Un éclat de verre entouré de fils de fer devenait un diadème, de vieilles bottes trouées, rehaussées de carton, se muaient en cuissardes… Le jeu aidait les enfants à oublier ce qu'était leur corps.

La petite fille que Volski avait vue boiter dans la boue du chemin jouait Marie et, d'instinct, elle dissimula sa démarche sous l'espièglerie sautillante de poses.

Au bout de dizaines de répétitions, il comprit le vrai sens de ce qui semblait d'abord un simple amusement. Sur scène, ses élèves oubliaient leur mal. Mais surtout, ils menaient une vie que personne ne pouvait leur interdire. En quelques minutes de jeu, chacun d'eux échappait à ce monde qui les avait condamnés à ne pas exister.

Leurs premiers spectateurs étaient cinq : les deux employées, le surveillant, la directrice et Volski. À l'une des représentations suivantes vint le chauffeur qui, une fois par mois, livrait du charbon. Puis, une vendeuse d'une boulangerie voisine. Quelques habitants du quartier et leurs amis… Certains cherchaient les distractions qui manquaient dans cette triste bourgade. Chez d'autres, on sentait la curiosité pour un numéro inédit : cette marmaille infirme faisait du théâtre !

Un jour, au mois de mai, la pièce fut jouée devant des spectateurs bien différents. La veille, d'une voix blanche, la directrice avait annoncé à Volski qu'ils « avaient été dénoncés », qu'on parlait dans la ville d'une scène clandestine et que le comité du Parti allait dépêcher une inspection. Observant ce visage tiraillé par la peur, Volski se disait que les trois ans passés depuis la mort de Staline n'étaient rien, qu'il en faudrait trente peut-être pour que ses traits se détendent, pour que la femme ne frissonne plus à chaque mot.

L'inspectrice du Parti pénétra dans la salle, tel un lourd pilier planté en son milieu. Un grand corps fait d'un bloc, une large face épaisse, une voix entraînée à commander. « Commencez ! » dit-elle à Volski, sans l'avoir salué et d'un mouvement de menton, elle invita sa suite, deux femmes et un homme, à s'installer au premier rang.

« Le même manège, pensa Volski, les mêmes têtes qui apparaissent et expriment la même gratuite cruauté du monde. Cette inspectrice avec une tête de cerbère et cette autre, celle qui avait, autrefois, assisté à la leçon de Mila… » Ce n'est pas tant la répétition qui le surprenait, il connaissait cette loi absurde. C'était la laideur volontairement fabriquée par cette visite, oui, la consciente fabrication du mal.

La femme regardait la scène avec une moue dédaigneuse et de temps en temps dilatait ses narines comme si ces enfants costumés sentaient mauvais. Ils jouaient particulièrement bien, d'ailleurs, devinant qu'il s'agissait d'un spectacle exceptionnel. « De quoi va-t-elle m'accuser ? se demandait Volski, interceptant parfois les grimaces de l'inspectrice. Pièce non conforme aux préceptes idéologiques ? Absence de portée éducative ? Manque de conscience de classe ? » Il n'était pas inquiet, sachant que les enfants ne connaîtraient pas ce jugement prévisible. Il s'était arrangé pour qu'à la fin, le surveillant les emmène tout de suite se promener. Plus tard, on pourrait leur dire que leur jeu avait beaucoup plu mais qu'il faudrait apprendre aussi d'autres chansons…

Il avait imaginé la suite des événements d'après ce qui se passait sous Staline : le silence monolithique des justiciers, le verdict, la sanction. Mais les temps avaient changé, désormais on improvisait, on innovait…

Soudain, la femme agita les bras et son cri fit sursauter toute l'assistance : « Arrêtez ce cirque, ça suffit ! Non seulement vous faites jouer aux enfants des pitreries totalement étrangères à notre conscience de classe mais… mais… »

Les enfants interrompirent le jeu, les adultes debout autour de l'inspectrice attendaient, subjugués, la phase finale de l'explosion. « Mais… mais… », elle cherchait visiblement un argument plus esthétique pour étayer son accusation.

« Mais… vous n'avez même pas appris à vos élèves à se déplacer correctement sur scène. Ils marchent tous comme des marionnettes de bois ! Là, ce garçon surtout, le mousquetaire si l'on peut dire. C'est un somnambule, ou quoi ? Vous auriez pu lui expliquer comment doit marcher un militaire ! »

Elle se tourna vers Volski. Le silence tomba. Sur scène, le rouquin qui jouait d'Artagnan se tenait très droit, le regard porté loin, au-dessus des têtes de ses camarades.

« Cet enfant n'est pas somnambule, camarade inspectrice. Il est… aveugle. »

Tout le monde se figea. Volski voulut reprendre la parole, puis se ravisa. Impossible de raconter les mois de répétitions pendant lesquels le rouquin, avec une patience obstinée, avait su dompter le noir de la scène. Pas à pas, l'adolescent avait retenu la position de chaque acteur, la destination de chaque réplique, s'était approprié la pièce comme un tableau mouvant qui vivait en lui. Rares étaient les spectateurs qui remarquaient sa cécité. D'habitude, on avait l'impression qu'il voyait très bien sa petite Marie qui sortait d'un grand portail en carton et s'élançait vers lui.

L'inspectrice se moucha bruyamment dans un carré de tissu à rayures, toussa, se remoucha, puis baissa la tête et, bafouillant « Je reviens… », quitta la salle.

Volski fit signe aux enfants, la pièce reprit… Des airs, le croisement des épées en bois peintes en bleu, faute de peinture d'argent, la flamme frémissante d'une bougie sur la table où Marie écrivait une lettre… L'inspectrice entra silencieusement, s'assit sur une chaise près de la porte.

« À vous, ma bien-aimée, je vais confier mon rêve… », chantait le rouquin.

Durant sa longue vie, Volski allait connaître des dizaines d'orphelinats, d'hôpitaux, de colonies de rééducation. Il apprendrait la parole chantée et le geste à ceux qui avaient peur de parler et dont le corps ne se rappelait que la brutalité de la force : enfants abandonnés, handicapés, jeunes délinquants. Il leur apprendrait surtout à exister ailleurs que dans le monde fabriqué par la mesquine cruauté des hommes… L'un de ses premiers élèves, le rouquin, lui dirait un jour qu'en chantant l'air de d'Artagnan, ce « ciel d'été où voguent les étoiles », il voyait des constellations, il comprenait à quoi elles pouvaient ressembler.

Volski avait agi comme Mila lui avait demandé le jour de leur arrestation : essaya de vivre sans se retourner sur leur passé, se maria, eut un fils. Lucide, il considérait que cette vie-là était assez proche du bonheur et s'interdisait de souhaiter davantage. La routine lui permettait de ne pas opposer cette existence à ce qu'il avait vécu avec Mila.

Pendant le dégel post-stalinien, son travail le rendit, un temps, presque célèbre : les journaux parlèrent de sa « méthode éducative novatrice », on lui consacra même un livre. Un poste dans un institut de recherches lui était proposé. Il refusa, continuant à choisir des endroits reculés, des établissements où il se sentait véritablement utile. Ses pérégrinations finirent par lasser sa femme, ils divorcèrent. Son fils, avec l'âge, prit aussi ses distances et bien plus tard, Volski sut qu'il était allé vivre en Allemagne…

Au moment de l'éclatement de l'URSS, Volski travaillait en Asie centrale, et se déplaçait déjà en fauteuil roulant. « Toute une forêt m'est tombée dessus », disait-il en plaisantant aux médecins pour expliquer comment, tout jeune encore, il s'était retrouvé écrasé sous une pyramide de troncs de cèdres. Il ne précisait pas que cela s'était produit dans un camp. Pour les nouvelles générations, il s'agissait déjà d'un passé de légendes… Comme ces archives du temps des répressions qui s'ouvraient à ce moment-là et que Volski put consulter à Moscou. Le dossier judiciaire de Mila s'y trouvait, les pages jaunies des interrogatoires qu'elle avait subis. La lecture de ces dépositions lui apprit qu'elle avait tout fait pour l'innocenter, en prenant sur elle les accusations dont on les chargeait. « Donc ce qui m'a sauvé, ce n'était pas le nez en sang du petit officier… », pensa-t-il et ce sacrifice qui avait préservé sa vie lui rappela de nouveau que le mal de ce monde pouvait être battu en brèche par la volonté d'un seul être.

Un an plus tard, un de ses anciens élèves l'aida à revenir à Leningrad, lui trouva cette petite chambre dans un appartement communautaire.

Volski ne se sentait pas malheureux, juste un peu dépassé par la rapidité des changements.

Un jour, ses voisins l'informèrent qu'un grand déménagement se préparait, un échange compliqué qui leur permettrait, à chacun, d'avoir un studio indépendant, en banlieue. Il ne perça pas toutes les finesses de la combinaison. Tout simplement, il voyait maintenant des hommes bien habillés qui venaient, parlaient de mètres carrés et de travaux à entreprendre, calculaient en dollars. Une femme blonde apparaissait souvent parmi eux, citait les marques du carrelage, des baignoires, du mobilier. Les hommes l'appelaient Iana. Volski aimait entendre sa voix. Il pensa même pouvoir, un jour, lui raconter sa vie…

Un soir, il entendit une conversation derrière la porte de sa chambre. Plusieurs hommes et Iana discutaient assez âprement d'un emménagement qui tardait à se réaliser. Soudain, Volski comprit qu'ils parlaient de lui. « Écoutez, soyez réalistes, disait Iana en essayant visiblement de calmer le jeu. Le vieux est là, on n'y peut rien. Bien sûr cela nous arrangerait s'il quittait ce bas monde entre-temps, mais ne rêvons pas trop, tout sourd et grabataire qu'il est, il peut vivre jusqu'à cent ans. Moi, je vous propose une solution très raisonnable… »

Volski n'écouta plus et depuis ce jour-là cessa de répondre. Les gens le prenaient pour un sourd-muet. Il constata que cela ne changea pas grand-chose à ses rapports avec ceux qui tournaient dans l'appartement. Peut-être leur attitude devint-elle même moins hypocrite.

Maintenant, Choutov s'en souvient. Dans sa jeunesse, il a entendu ce nom de « Volski ». Il y a trente ans. Des articles qui parlaient d'un enseignant capable de faire revivre, grâce au théâtre, les enfants handicapés et les jeunes à la dérive. Pour les journalistes, au temps de la censure, ce genre de sujets était l'unique terrain de liberté : un original qui refuse les honneurs et une belle carrière, c'est déjà une discrète révolte contre le béton massif du régime…

Le vieillard boit son thé froid. La télévision, au son coupé, diffuse des clips où se déhanchent des jeunes filles blondes et des jeunes Noirs aux mines tantôt arrogantes, tantôt lascives. Programme de nuit. La lueur d'une lampe fixée sur le dossier du lit, une fenêtre sombre, cette pièce presque vide. Dans quelques heures, les infirmiers viendront pour emmener le vieil homme. C'est donc bien la fin de ce récit nocturne.

Le désir est encore très vif chez Choutov de savoir ce qu'est devenu, durant ces longues années, le ciel où se rencontraient deux regards qui s'aimaient. Mais c'est trop tard pour le demander, la vie de Volski s'est confondue avec le passé meurtri du pays : guerres, camps, infinie fragilité de tout lien entre deux êtres. Une vie héroïque, une vie sacrifiée. Un destin que Choutov aurait pu croiser, ayant passé lui-même son enfance dans un orphelinat. « Oui, j'aurais pu avoir Volski comme professeur de chant », pense-t-il.

« Vous savez, je n'en veux pas à votre amie Iana, dit le vieillard et il repose sa tasse sur la table de nuit. Ni aux autres, non plus. Ce qu'ils vivent n'est pas du tout enviable. Vous imaginez, il leur faut posséder tout cela ! »

Sa main fait un large geste et Choutov voit clairement que ce « tout cela » c'est le nouvel appartement de Iana mais aussi ce long écran du téléviseur et ce reportage sur l'élite russe installée à Londres, leurs hôtels particuliers et leurs résidences de villégiature, et ce cocktail où ils se retrouvent entre eux, et toute cette nouvelle façon d'exister que Choutov ne parvient pas à comprendre.

« Nous avons eu finalement une vie si légère ! dit le vieil homme. Nous ne possédions rien et pourtant nous savions être heureux. Entre deux sifflements de balles, en quelque sorte… » Il sourit et ajoute sur un ton de boutade : « Non, mais regardez ces pauvres gens, ils souffrent ! » On voit une réception dans un palace londonien, les rictus crispés des femmes, les faces luisantes des hommes. « Nous faisions la même tête quand, au Conservatoire, on nous obligeait à écouter une cantate à la gloire de Staline… » Il rit doucement et sa main refait le même geste : « tout cela ». Très physiquement, Choutov ressent que le monde ainsi désigné s'étale à l'horizontale, plat et parfaitement égal dans chacune de ses composantes. Oui, un monde aplati.

« Si vous pouviez éteindre… », demande Volski. Choutov saisit la télécommande, s'embrouille (sur l'écran, un vieux tramway surgit, glisse silencieusement, disparaît dans une rue), enfin réussit à couper.

Le visage de Volski reprend la même expression qu'au début de la nuit : calme, détaché, peut-être un peu plus lointain même. Choutov ne s'attend à aucune parole. Tout est dit, il lui reste à souhaiter bonne nuit et aller dormir quelques heures avant l'arrivée de Vlad et des infirmiers.

La voix qui résonne soudain le frappe par sa fermeté.

« Je n'ai jamais cessé de rencontrer son regard. Même quand j'ai appris qu'elle était morte… Personne ne pouvait m'interdire de croire qu'elle me voyait. Et cette nuit, je sais qu'elle regarde toujours le ciel. Et personne, vous entendez ? personne n'osera le nier ! »

La puissance de la voix est telle que Choutov se redresse. C'est la voix d'un ancien chanteur ou peut-être d'un artilleur qui crie des ordres au milieu des explosions. Choutov se rassied, esquisse une brève gesticulation en s'apprêtant à parler, mais reste muet. Les traits de Volski se détendent, ses paupières s'abaissent légèrement. Ses mains reposent inertes le long de son corps. Choutov comprend que ce n'est pas cette voix volontaire qui l'a mis debout. Les paroles du vieillard ont tracé dans ce monde aplati une lumineuse altitude qui semblait soulever le plafond de cette petite pièce.

En écho très affaibli de ce cri, vient un chuchotement de regret que Volski réserve plutôt à lui-même : « Dommage de ne pas avoir revu la Loukhta… La rive où nous avons donné notre dernier concert… Les arbres que nous avons plantés avec Mila… Allez, dormez tranquille, ne vous inquiétez pas, je me débrouille très bien tout seul… »

Il attrape l'interrupteur de la lampe au-dessus de sa tête. Choutov se lève, va à la porte. Ses pas sont lents, il a l'air de retarder son départ, de chercher le tout dernier mot qu'il avait à dire et qu'il a oublié.

« Attendez, juste un instant ! » lâche-t-il enfin, et il s'élance dans le bureau de Vlad. Près du téléphone, la liste des numéros utiles que le jeune homme lui a laissée en partant : ambulance, police, taxi… Choutov appelle, commande un taxi, revient en courant dans la chambre de Volski et, en cafouillant, en s'excusant, lui explique son plan. Le vieil homme sourit : « J'adore les aventures mais il faudra que je mette alors un frac. Là, sur le crochet, derrière la porte, un coupe-vent et un pantalon… »

Choutov demande au chauffeur de monter pour l'aider à porter « un malade », dit-il pour simplifier. L'homme jeune, très puissant d'encolure, commence à exprimer son mécontentement à partir de ce moment-là. Quand il apprend qu'il ne s'agit pas d'un aller simple pour un hôpital mais d'une course lointaine, en dehors de la ville, il se rebiffe : « Non, je ne fais pas de circuits touristiques, moi ! Il fallait louer un minibus dans ce cas… » Choutov insiste, maladroitement, se rendant compte que le langage de communication courante a aussi changé et que ses arguments (un vieux soldat qui veut revenir sur les lieux de ses combats) paraissent surréalistes.

« De toute façon, il n'y a pas de tarif pour des voyages pareils, déjà on est en pleine nuit... » Le chauffeur se tourne vers la porte, pour montrer qu'il est sur le point de partir. Choutov hait ce cou épais, ce crâne très rond aux cheveux coupés ras, la mine renfrognée de celui qui sait qu'on est désarmé devant lui.

« Je paierai ce que ça coûtera, dites-moi votre prix, on pourra s'entendre.

– Mais, je vous le dis, il n'y a pas de tarif pour cela. En plus il faudra trimballer le... grand-père !

– Cent dollars, ça ira ?

– Vous rigolez ? Pour une telle distance...

– Cent cinquante ?

– Bon, réfléchissez et appelez-moi la semaine prochaine, d'accord ? »

Il tourne le dos, pousse la porte, Choutov le rattrape sur le palier, négocie, finit par lui donner trois billets de cent. Sur le visage de l'homme, il capte un mélange assez puéril : le plaisir d'avoir arnaqué un simplet, la surprise, l'orgueil d'un as. L'argent n'a pas encore une valeur bien établie dans ce nouveau pays, c'est un peu la roulette, et il a gagné.

Il conduit d'abord assez lentement, de peur sans doute de tomber sur une patrouille. Mais une fois sorti de la ville, fonce sans plus respecter aucun carrefour. On sent qu'il commence à prendre goût à cette escapade. Choutov baisse la vitre : des faubourgs monotones défilent, une ville endormie et, de temps en temps, sur les parois infinies des façades, une fenêtre allumée, très jaune, une vie qui veille.

Enfin, comme le fouet d'une branche, cette odeur d'herbe, l'amertume nocturne des feuillages. La voiture quitte la route, se met à cahoter sur des voies mal asphaltées. Deux ou trois fois, le vieil homme essaye de préciser la direction mais le chauffeur rétorque : « Non, vous savez, ce village n'existe plus… Non, maintenant, il y a un centre commercial par là… » Sa voix a changé, il répond à Volski sur une intonation un peu penaude…

Et soudain, il freine, surpris lui-même par une barrière qui coupe le chemin.

Derrière, se dresse un véritable mur d'au moins quatre mètres de haut. Une plaque de bronze, scellée dans une stèle, brille sous la lumière des phares. Des lettres richement ornementées imitent l'écriture gothique : « Résidence Palatine. Accès réservé aux propriétaires. » Le chauffeur descend, Choutov lui emboîte le pas. Au-delà d'un monumental portail en fer forgé, on voit les silhouettes des « palais » éclairés par des projecteurs de chantier. Une grue dessine sur un mur l'ombre de son crochet. Un bulldozer dort sous un arbre. Des guérites installées à chaque angle de l'enceinte rappellent des miradors…

Cette ressemblance n'échappe pas à Volski. « On dirait une prison », murmure-t-il quand les deux hommes se réinstallent dans la voiture.

« Qu'est-ce qu'on fait ? demande le chauffeur. On essaye de contourner ? » Et sans attendre l'avis de Choutov et de Volski, il démarre. Relever ce défi devient pour lui une affaire d'honneur. La voiture s'embourbe presque aussitôt et Choutov a même le temps d'entrouvrir la portière, prêt à descendre et à pousser. « On passe ! » maugrée le chauffeur qui tord le volant en donnant l'impression de lutter à mains nues contre un taureau. Un long hurlement hystérique du moteur, une pénible glissade et enfin, une sortie en boulet de canon.

La course se calme, bercée par un ample tangage sur un chemin de terre, on entend le frottement des herbes hautes contre les flancs de la voiture. L'air sent de plus en plus la fraîcheur d'une rivière. Le faisceau des phares bute contre une saulaie. On suit une pente. On s'arrête. Les phares s'éteignent, les yeux s'habituent vite à voir à travers la claire nuit du Nord. Le silence se décante jusqu'aux infimes froissements que l'oreille se met à reconnaître. La sonorité des longues feuilles des saules, l'assoupissant clapotis du courant, parfois une brève note fragile lancée, au vol, par un oiseau…

Le chauffeur aide Choutov à installer Volski en bas de la berge, sur un large tronc d'arbre abattu et dont le bois écorcé trace une ligne blanche dans l'obscurité. Les deux hommes s'éloignent, sans avoir à se concerter.

Ils respirent profondément, étonnés par l'aigreur vive de l'air, par le calme trouvé si près finalement de l'agitation de la ville en fête. À leur droite, sur fond de pâleur cendrée du ciel, se dessine la ligne de l'enceinte de la « Résidence Palatine » (Excelsior, Trianon… se souvient Choutov). Sur la rive opposée, on devine des bosquets, séparés par de longues allées. « Les arbres que Volski et Mila avaient plantés, pense-t-il, le cimetière… » Le ciel est brouillé de nuages transparents, de temps en temps une étoile frémit, très proche, vivante.

Le chauffeur assis sur une souche pousse un marmottement. Il tourne son poignet pour déchiffrer, dans le noir, le cadran éclairé de sa montre. « On va bientôt y aller… », le rassure Choutov. « Mais non, qu'il prenne son temps, le vieux ! La nuit, je n'ai pas tellement de boulot… » Son ton est toujours marqué par un flottement de culpabilité. « Il a vraiment fait la guerre par ici ? » demande-t-il. Choutov chuchote, comme si quelqu'un pouvait les entendre : oui, le blocus de Leningrad, le dernier concert d'une troupe de théâtre, après… ce vieil homme, à l'époque jeune soldat, poussant un canon sur une berge glacée, la guerre, Berlin. Il se rend compte qu'il est désormais seul au monde à connaître si bien l'histoire de Volski…

Il s'interrompt en entendant une voix qui vient de la rivière. Ce chant a dû résonner déjà depuis un moment mais se confondait avec le bruissement des saules, le murmure des herbes. Maintenant, sa mélodie domine le silence, ondule sans effort, comme un très long et profond soupir. Le chauffeur se lève le premier, le visage tendu vers la source de la sonorité. Choutov se redresse aussi, fait quelques pas en direction de la rive, s'arrête. Le chant rend à tout ce qu'il voit un sens oublié, initial : la terre chargée de morts et pourtant si légère, si pleine de vie printanière, les décombres d'une vieille isba, la lumière devinée de ceux qui vivaient et s'aimaient sous son toit… Et ce ciel qui commence à pâlir et que Choutov ne regardera plus jamais comme avant.

Le retour paraît fulgurant, presque immédiat. Comme si ces rues matinales, toutes désertes, s'effaçaient sur leur passage.

Et dans l'appartement, cette accélération est encore plus fébrile. Le vieil homme est à peine installé dans sa chambre qu'arrive Vlad, croisant le chauffeur dans l'entrée. La porte claque derrière celui-ci, Choutov se retourne et voit dans la main de marbre, « la main de Slava » posée sur le guéridon, trois billets de cent dollars…

Et déjà sonnent les infirmiers qui encombrent le couloir avec leur fauteuil. Choutov se faufile dans la chambre de Volski, espérant pouvoir encore lui parler, lui dire que son récit… Ils se serrent la main. Les infirmiers sont là, Vlad aussi, ils s'activent, rangent les livres du vieillard dans un sac… Les yeux de Volski sourient pour la dernière fois à Choutov, puis son visage se fige dans un masque indifférent, définitif.

L'entrée est envahie par les amis de Vlad qui vont participer à la fête dans la maison de campagne de Iana. Les ouvriers laissent passer les deux infirmiers qui emmènent le vieil homme et ils commencent à transporter des tuyaux de robinetterie. Une femme de ménage traîne un aspirateur, s'engouffre dans la petite chambre enfin libérée. Plusieurs portables sonnent, les conversations s'entrelacent, se confondent…

Choutov boit un thé dans la cuisine et essaie de s'imaginer encore partie prenante dans le tourbillon qui s'agite autour de lui. « Maman vient d'appeler, crie Vlad. Elle sera là dans dix minutes. Elle vous salue… » Quelqu'un a branché la télévision : « Pour être à l'heure là où chaque instant compte… » « Vous n'auriez pas une cigarette ? » lui demande une très jeune femme et il se sent soudain privé de parole, il balbutie, gesticule. Elle rit, s'en va.

Enfin, avec une clarté aveuglante, le jugement tombe : il ne saura jamais exister dans cette nouvelle vie.

Cinq minutes lui suffisent pour ramasser ses affaires, se glisser vers la porte sans être intercepté par Vlad, filer…

À l'aéroport, il échange facilement son billet. « Ceux qui sont venus pour les fêtes sont encore là, lui explique-t-on, ceux qui ne sont pas venus à cause des fêtes viendront demain… » Il est donc arrivé au bon moment, dans un temps mort, pour ainsi dire.

Dans l'avion, pour la première fois de sa vie, il a l'impression d'aller de nulle part vers nulle part, ou plutôt de voyager sans destination véritable. Et pourtant, jamais encore il n'a aussi intensément ressenti son appartenance à une terre natale. Sauf que cette patrie coïncide non pas avec un territoire mais avec une époque. Celle de Volski. Cette monstrueuse époque soviétique qui fut le seul temps que Choutov a vécu en Russie. Oui, monstrueuse, honnie, meurtrière et durant laquelle, chaque jour, un homme levait son regard vers le ciel.

En rentrant, il trouve une lettre de Léa, des mots qui semblent s'adresser à un autre que lui. Elle le remercie, l'informe qu'il peut garder les deux piles de livres car elle n'en a plus besoin et, on ne sait pas pourquoi, cite Tchékhov : dans une nouvelle il faut couper la fin, d'habitude trop longue. Il se rend compte combien ce voyage manqué l'a changé : il ne comprend plus ces signes tracés par une jolie écriture féminine. Ou plutôt, il ne comprend plus pourquoi écrire tant de mots vains, ou faux, ou creux. Il parvient encore à décoder les petits jeux de psychologie qui se cachent derrière ces phrases. Remerciements : Léa essaye de désamorcer la rancœur de l'homme qu'elle a quitté. Ces livres : un talisman sentimental car elle le croit un vieux sentimental. Cette citation de Tchékhov : oui, coupons net et évitons la relance.

Tout cela est encore déchiffrable. Mais la vie que disent ces mots ne vaut pas l'encre qui la transcrit. Elle est juste bonne pour les romans que Léa a abandonnés dans un coin de la pièce, des petits récipients de cette matière verbale sans gravité. « La nainerie », disait-il autrefois. Oui, son existence dans ce « colombier » était un jeu de poupées, un de ces petits romans qui transcrivent, d'année en année, les minuscules drames des dames et des messieurs un peu cyniques, un peu ennuyeux.

Il sait désormais que les seuls mots dignes d'être écrits surgissent quand la parole est impossible. Comme pour cette femme et cet homme séparés par des milliers de kilomètres de glace et dont les regards se rejoignaient sous une lente chute de neige. Comme ce garçon roux qui reste figé, ses yeux aveugles portés vers les étoiles qu'il n'a jamais pu voir.

Les premiers jours après son voyage, Choutov retrouve, instant par instant, ce qui devrait absolument être dit. Volski, bien sûr, mais aussi cette soirée d'hiver, dans un café, le Café de la Gare, la solitude d'un vieillard qui murmure dans le vide.

En arrivant, il a retiré de sa boîte aux lettres ce colis : un livre dont le titre lui était connu. *Après sa vie…* Il s'est rappelé cette femme qui marchait dans un couloir étroit en enlevant son maquillage avec une lingette et donnant l'impression d'essuyer ses larmes.

Après sa vie… « Ce que je vivrai désormais », se dit-il.

Il y a aussi une surprise : un soir, il relit ce récit de Tchékhov où deux amoureux chastes slaloment dans une grande luge, unis par une déclaration d'amour hésitante. Il découvre que son souvenir a

262

beaucoup modifié l'intrigue. Non, chez Tchékhov, ces deux amoureux ne referont jamais leur glissade sur une pente enneigée. L'homme, vieilli, croise son ancienne amie et se demande par quel caprice il a chuchoté, autrefois, ce « je vous aime, Nadenka ». Le récit s'intitule « Plaisanterie », une petite blague, *choutotchka* en russe, la même racine que Choutov… Il imagine Tchékhov, installé dans une datcha enneigée ou sous le soleil de Capri, une plume à la main, un doux sourire vague, ses yeux légèrement myopes suivant la naissance sur une page de ces deux héros assis dans une luge… Choutov sent soudain avec violence qu'il n'appartiendra jamais à ce monde russe qui renaît maintenant (« Tant mieux ! » se dit-il) dans sa patrie. Il restera jusqu'à la fin dans un passé de plus en plus méprisé et de plus en plus inconnu d'ailleurs. Une époque qu'il sait indéfendable et où pourtant vivaient quelques êtres qu'il faudra coûte que coûte sauver de l'oubli.

Il revient en Russie à la mi-septembre. L'hospice où avait été envoyé Volski se trouve non loin de Vyborg, à cent cinquante kilomètres au nord de Saint-Pétersbourg. Choutov a appris la mort du vieil homme encore en France, en parlant au téléphone avec le médecin chef de l'établissement.

Cette « Maison des personnes âgées » (selon la dénomination officielle) n'est pas le mouroir qu'il imaginait. Simplement, tout y est vraiment d'une autre époque : les patients, le personnel, le bâtiment lui-même. « L'époque soviétique », pense Choutov et il se rend compte que ce sont peut-être les misérables vestiges de ce temps qui permettent aux vieux d'avoir l'illusion de ne pas être totalement rejetés. Ils meurent dans un décor qu'ils ont connu de leur vivant.

Ce qui l'étonne le plus c'est le cimetière. Surtout le nombre de tombes où la seule inscription est tantôt « f.i. », tantôt « h.i. ». « "Femme inconnue", "homme inconnu", explique le gardien. On les amène à l'hospice parfois dans un tel état qu'ils ne sont même plus capables de parler. Et puis, il y a aussi des vieux qui meurent dans la rue, allez savoir d'où ils viennent… »

Le cimetière est petit, accolé à une église vide. En montant sur le perron envahi d'herbes, on peut distinguer au loin le gris mat du golfe de Finlande… Le soir, Choutov passe un long moment à marcher entre les dalles recouvertes de feuillages dorés, à lire des prénoms étranges, anciens. Puis il s'assied sur le perron. Son nouveau voyage en Russie, pense-t-il, est précisément cette partie finale, dans une nouvelle, que Tchékhov recommandait de couper. Et c'est par là que passe la frontière entre une jolie chute dans une belle prose et la patiente et rugueuse prose de nos vies.

Le plus troublant reste cette façon de résumer une existence humaine : « f.i. », « h.i. »… Demain, les ouvriers avec qui il s'est arrangé viendront pour mettre sur la tombe de Volski une stèle avec son nom complet, la date de sa naissance et celle de sa mort. Il fallait le faire, se dit Choutov (« la partie finale »…) mais, en même temps, cette inscription apprendra-t-elle plus aux gens que ne le fait la mention « homme inconnu » ? Peut-être même moins.

Il se lève, se dirige vers la sortie et soudain s'arrête. Ce qu'il faudra écrire, c'est juste cela : ces « femmes inconnues » et ces « hommes inconnus » qui s'aimaient et dont la parole est restée muette.

En marchant sur le chemin qui mène vers l'hospice, il aperçoit la ligne légèrement brumeuse du golfe de Finlande.

Il n'a jamais encore vu, d'un seul regard, tant de ciel.

Au temps du fleuve Amour
Le Félin, 1994
et « Folio », n° 2885

La Fille d'un héros de l'Union soviétique
Robert Laffont, 1995
et « Folio », n° 2884

Le Testament français
prix Goncourt et prix Médicis
Mercure de France, 1995
et « Folio », n° 2934

Confession d'un porte-drapeau déchu
Belfond, 1996
et « Folio », n° 2883

Le Crime d'Olga Arbélina
Mercure de France, 1998
et « Folio », n° 3366

Requiem pour l'Est
Mercure de France, 2000
et « Folio », n° 3587

La Musique d'une vie
prix RTL-Lire
Seuil, 2001
et « Points », n° P982

Saint-Pétersbourg
(photographies de Ferrante Ferranti)
Le Chêne, 2002

La Terre et le ciel de Jacques Dorme
Mercure de France, 2003
Le Rocher, 2006
et « Folio », n° 4096

La femme qui attendait
Seuil, 2004
et « Points », n°P1282

Cette France qu'on oublie d'aimer
Flammarion, 2006
et « Points », n°P2337

L'Amour humain
Seuil, 2006
et « Points », n° P1779

Le Monde selon Gabriel
Mystère de Noël
Le Rocher, 2007

COMPOSITION : NORD COMPO MULTIMÉDIA
7 RUE DE FIVES - 59650 VILLENEUVE-D'ASCQ

Cet ouvrage a été imprimé en France par
CPI Bussière
à Saint-Amand-Montrond (Cher)
en janvier 2010.
N° d'édition : 101162. - N° d'impression : 91951.
Dépôt légal : février 2010.

Collection Points